中国历代从军诗

思报国

刘国辉 选注

辽宁人民出版社

图书在版编目（CIP）数据

思报国：中国历代从军诗 / 刘国辉选注．— 沈阳：辽宁人民出版社，2018.10（2024.1 重印）
（中国历代古诗类选丛书）
ISBN 978-7-205-09350-1

Ⅰ．①思… Ⅱ．①刘… Ⅲ．①古典诗歌－诗集－中国
Ⅳ．①I222

中国版本图书馆 CIP 数据核字 (2018) 第 162874 号

出版发行：辽宁人民出版社
地址：沈阳市和平区十一纬路 25 号 邮编：110003
电话：024-23284321（邮 购） 024-23284324（发行部）
传真：024-23284191（发行部） 024-23284304（办公室）
http://www.lnpph.com.cn
印 刷：辽宁新华印务有限公司
幅面尺寸：145mm×210mm
印 张：7
字 数：150 千字
出版时间：2018 年 10 月第 1 版
印刷时间：2024 年 1 月第 3 次印刷
责任编辑：娄 瓴
助理编辑：贾妙笙
装帧设计：丁末末
责任校对：刘宝华
书 号：ISBN 978-7-205-09350-1

定 价：70.00 元

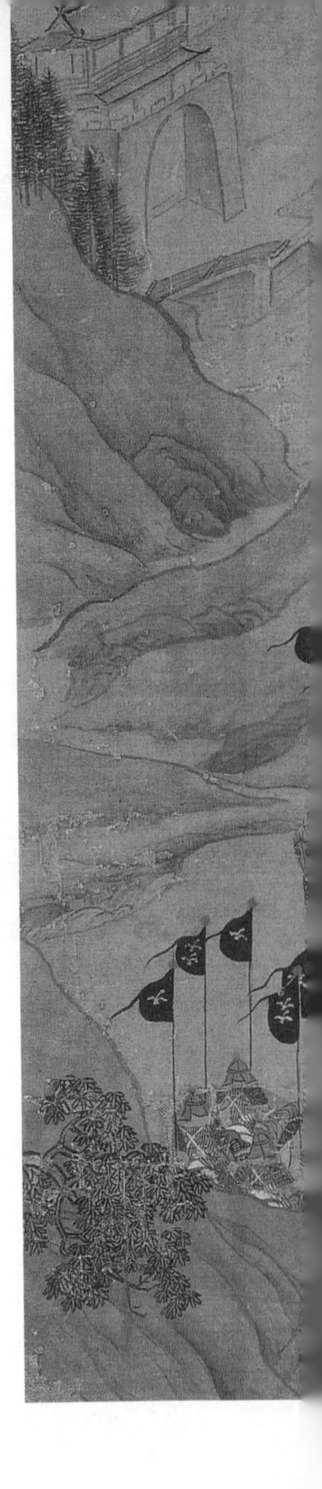

明 仇英 临宋人画册 之一

明　戴进　三顾茅庐图轴

明　商喜　关羽擒将图轴

清　郎世宁　平定准部回部得胜图　之呼尔满大捷

呼爾滿大捷
我師萬里勞馬
力寡難勝況深
入賊巢主客勢
誠異以此被所
圍固守技窮氣
益忍罪輕進惟
奬勤王事再三
特援師速進以
援滿兵亦結營
賁敵愾人同厲
厲指數居諸兵
應皆彼地爭勝在
俯仰所關行非
細中夜不安寢
亟盼佳音至旬
傳驛致章東臨
披衣視麾戰五
日夜斬將搴旗
職副將軍富德
參贊及軍士同
心成巨功殲賊
數千騎已近將
軍營通行卒遺

清　吕焕成　岳飞参花图轴

人类社会是在血与火的洗礼中走向文明的。自从有了人类，就从没有停止过战争；自从有了战争，就不可避免地会产生战争文学。战争和人生、爱情一样，是文学创作的永恒主题。

在中国古代诗歌中，从军诗一直以其丰富的思想内容和独特的艺术魅力，在诗歌史上占有重要的地位。

青海长云暗雪山，孤城遥望玉门关。
黄沙百战穿金甲，不破楼兰终不还。

王昌龄这篇慷慨激昂的诗歌，曾鼓舞不少人在国难当头、外敌入侵之时毅然告别父母妻儿，远离家乡，奔赴沙场，报效国家。这种力量的产生，是源于作品中洋溢的强烈的爱国激情，可以说强烈的爱国主义意识是从军诗的最大特色。在我国最早的诗歌总集《诗经》中，就已经有了许多描写战争的诗篇，像《国风·周南·兔罝》中的“赳赳武夫，公侯干城”，就把英勇的将士喻为国家的盾牌和城堡，坚不可摧；特别值得提出的是《秦风·无衣》，用朴实的笔墨表现从军战士们荣辱与共、同赴国难的豪情壮志，这是较早的一曲爱国主义战歌。战国时伟大诗人屈原在他的《九歌·国殇》中第一次用细腻的诗笔描绘出两军交战的激烈场面，并用“身既死兮神以灵，魂魄毅兮为鬼雄”的诗句来追悼、礼赞为国战死的将士。这些都表明，从军诗从它一产生就确立了爱国主义的基调。秦汉以降，从军诗的发展，始终没有离开这一主旨。

建安时代的曹植在其《白马篇》中高歌“捐躯赴国难，视死忽如归”；唐代张说《破阵乐》中有“誓欲成名报国，羞将开口论勋”的诗句；清末徐锡麟的《出塞》诗中表现的是诗人“只解沙场为国死，何须马革裹尸还”的激情。这些诗篇无一不荡漾着爱国主义的主旋律。当然，我们必须说明的是，古人的爱国主义思想中不免掺杂着狭隘的民族主义意识；从军诗所歌颂的战争也有正义和非正义战争之别，但这是历史的局限，我们需要用历史的、宏观的眼光去看待这些问题，而不能用现代人的标准去苛求古人。其实，古代一些优秀的现实主义诗人，已经在自己的创作中表现出对这些问题较正确的认识，像具有“诗圣”之称的杜甫，他的从军诗既有主张抗击外敌的诗篇，也有反对穷兵黩武的非战之作，它们的分野就建立在诗人对正义战争和非正义战争之理解的基础上。

强烈的时代性，是从军诗的又一特点。刘勰在《文心雕龙·时序》篇中说：“时运交移，质文代变。”文学是社会生活的反映，这一点由于从军诗特定的题材而表现得尤为突出。纵观整个诗歌史，我们就可以清楚地发现，凡是战争频仍的时代，尤其是每个王朝的开始和结束，从军诗就非常繁荣，而当国家安宁、久无战事的时候，从军诗就相对减少。有唐一代，是从军诗最繁荣的时期，产生了著名的边塞诗派，无论从思想上还是艺术上都把从军诗推向高峰。这种情况的产生固然由于诗歌本身在唐代已发展到极盛阶段，更主要的原因是有唐一代三百年中不间断的战争。唐朝是中国封建社会的鼎盛时期，统治阶级具有一种蓬勃向上的朝气，胸怀吞并四海、一统寰宇的雄心，加之外敌入侵，更激发了昂扬的斗志，因此同突厥、吐谷浑、高昌、高丽、吐蕃、契丹等民族多次发生战争。边境战争频繁，促成整个社会对战争的关注，引起人们对战争生活的向往，唐代许多诗人都把投笔从戎、立功边塞当作自己博取功名富贵的途径。由于他们投身边塞，有真实的生活体验，因此创作出一大批高质量的边塞诗。与此相对比的是北宋王朝，在它一百多年的时间里也曾产生了许多大诗人，如欧阳修、苏轼、黄庭坚等等，但他们并没有写出从军诗来，因为他们所处的时代是一个短暂的相对和平的时期。到了南宋，兵临城下，国难当头，诗人们自然又以从军诗抒写自己的志向，产生了像陆游、辛弃疾等爱国诗人和诗歌作品。

从军诗表现的主题思想范围是比较广泛的，有表达诗人投笔从戎、建立功业的急切心情，如杨炯的“宁为百夫长，胜作一书生”（《从军行》）；有歌颂前线将士不辞辛苦、以身报国的豪情壮志，如王维的“孰知不向边庭苦，纵死犹闻侠骨香”（《少年行》）；有描写士兵紧张激烈的行军和战斗生活的，如王昌龄的“明敕星驰封宝剑，辞君一夜取楼兰”（《从军行》）；有刻画边塞风光的，如岑参的“轮台九月风夜吼，一川碎石大如斗，随风满地石乱走”（《走马川行奉送封大夫出师西征》）；有陈述久戍边关的士卒对家乡和亲人的思念，如李益的“不知何处吹芦管，一夜征人尽望乡”（《夜上受降城闻笛》）；有反映上层将帅的骄奢生活的，如高适的“战士军前半死生，美人帐下犹歌舞”（《燕歌行》）；也有对统治者连年用兵表示不满的，如杜甫的“苟能制侵陵，岂在多杀伤”（《前出塞》）。这些丰富的思想内容也是用多彩的艺术风格表现出来的，豪放如王翰的“醉卧沙场君莫笑，古来征战几人回”（《凉州词》）；雄奇如王维的“大漠孤烟直，长河落日圆”（《使至塞上》）；哀婉如李白的“长安一片月，万户捣衣声”（《子夜吴歌》）；深沉如杜甫的“落日照大旗，马鸣风萧萧”（《后出塞》）。总之，内容和形式二者有机的统一，构成了从军诗美的画廊，为我们提供了琳琅满目的艺术珍品。

这个选本是为广大文学爱好者提供的，选录原则比较宽泛，力求在名人名篇的基础上，照顾到各个时代不同风格和体裁的作品，尤其侧重选择那些简洁、精练，便于欣赏和背诵的作品。注释尽力简明，并带有鉴赏性。由于学识有限，错误疏漏之处在所难免，敬请广大读者指正。

刘国辉

目录

元　鲜于枢　杜诗魏将军歌卷

无　衣[1]

［先秦］

《诗经·秦风》

岂曰无衣？与子同袍[2]。

王于兴师，修我戈矛[3]；与子同仇[4]。

岂曰无衣？与子同泽[5]。

王于兴师，修我矛戟[6]；与子偕作[7]。

岂曰无衣？与子同裳[8]。

王于兴师，修我甲兵[9]；与子偕行。

注释

1　这是我国流传下来的最早的一首慷慨激昂的从军诗。它以质朴的语言、复沓的形式表现了战士们患难与共、同赴国难的豪迈情怀。

2　子：对别人的尊称，相当于现代汉语中的“您”。袍：古时穿在外面带衬里的长衣。这里指军用的披风。

3　王：指周天子。于：语助词，无实义。兴：召集。戈、矛：

两种兵器名，皆长柄，戈之头部两边有小枝侧出，可横击、钩杀；矛则尖锐，只能直刺。按《吕氏春秋》记此二种兵器皆为蚩尤所造。

4 同仇：意为“我们有共同的敌人”。

5 泽：同“襗”，内衣。

6 戟：兵器名，合戈、矛为一体，横击、直刺均可。

7 偕：共同。作：兴起。这里指军队出发。

8 裳：下衣，古人穿的一种裙。

9 甲兵：铠甲和兵器。

| 延伸阅读 |

中国古代阵法一

天覆阵赞

天阵十六，外方内圆。四为风扬，其形象天。

为阵之主，为兵之先。善用三军，其形不偏。

国殇[1]

［先秦·楚］

屈原

操吴戈兮被犀甲[2]，车错毂兮短兵接[3]。

旌蔽日兮敌若云[4]，矢交坠兮士争先[5]。

凌余阵兮躐余行[6]，左骖殪兮右刃伤[7]。

霾两轮兮絷四马[8]，援玉枹兮击鸣鼓[9]。

天时怼兮威灵怒[10]，严杀尽兮弃原野[11]。

出不入兮往不反[12]，平原忽兮路超远[13]。

带长剑兮挟秦弓[14]，首虽离兮心不惩[15]。

诚既勇兮又以武[16]，终刚强兮不可凌[17]。

身既死兮神以灵[18]，魂魄毅兮为鬼雄[19]！

注释

1　此诗选自《九歌》。“九歌”本为远古乐章的名称，据《山海经》等书所记，是传说中启从天上偷下来的。楚国民间保存了这一音乐形式，并配以各种歌词，用以祭祀诸神。屈原放逐时，有感于歌词的鄙俚，借此曲意重新创作歌词，产生了这种体制独特的诗歌形式。正如王逸《楚辞章句》中所言：“上陈事神之敬，下见己之冤结，托之以风谏。”《国殇》是祭祀阵亡将士魂灵的挽歌。全诗虽从敌胜我败的战争场面着笔，却无丝毫悲哀之情，自始至终洋溢着一种阳刚之气。对战士们虽死犹雄的礼赞，对人民同仇敌忾的歌颂，以及诗中呈现的刚健质朴的风格都富有一种强悍深沉的力量，感人至深。古代未成年或出门在外而死称殇（shāng），“国殇”特指为国捐躯的将士。

2　吴戈：吴国所产之戈。当时吴地制造的戈最为锋利，后代言兵器精良，常以吴戈称之。兮：语气词，相当于现代汉语中的“啊”“呀”等。被：音、义同“披”。犀甲：犀牛皮制成的甲。犀牛皮很坚韧，古人用以做甲，刀、枪不易刺透。

3　错：交错。毂（gǔ）：车轮上横贯车轴的圆木。这里代指车轮。短兵：戈、矛、刀、剑等兵器。这里的短是指和弓箭等长射程的兵器相对而言。此句写敌我双方战车轮子互相交错，短兵相接的激烈战斗已经开始。

4　旌：一种用五色羽毛装饰的旗子。此处指战旗。蔽日、若云：极力形容旗之多、敌之众。

5　矢交坠：言敌我双方流矢交加，纷纷落地。以上四句描写战斗开始时的激烈情景。

6　凌(líng)：侵犯。阵：战斗队列。躐(liè)：践踏。行(háng)：队伍的行列。

7　骖(cān)：驾车的四匹马中两旁的马叫骖。殪(yì)：倒毙。右：指右侧的骖马。刃伤：被刀砍伤。

8　霾(mái)：与"埋"通用。此指车轮陷入泥土之中。絷(zhí)：用绳子系住。絷四马，言四只马的缰绳系在一起，有死有伤，互相绊住，不能前进。

9　援：手持，拿着。枹(fú)：鼓槌。玉抱，嵌玉为装饰的鼓槌。鸣鼓：响鼓。

10　天时：天象。怼(duì)：怨。威灵：指代神灵。

11　严：壮烈。杀尽：指战士们全部牺牲。弃原野：指死难战士的尸首抛在原野上。以上六句，前四句写激烈的战斗过程；后二句写战后的战场上尸横遍野，残酷的战争使得天怨神怒、惨不忍睹。

12　反：同"返"。出不入、往不反，文意互见。写战士们义无反顾，一去不复返。从这句起诗意一转，由战争场面的描绘进入对战士的沉痛悼念，其中洋溢着对死难战士为国捐躯精神的歌颂。

13　忽：渺茫不定，若有若无。指旷野中的萧索、荒凉。超远：遥远。

14　挟：夹在腋下。秦弓：秦地出产的弓。秦地产坚硬的木材，用来做弓，射程较远，古与"吴戈"同样被借指精良的兵器。

15　首虽离：指身首分离。惩：受创。这句说头可断，但志不可屈，精神永在。

16　诚：确实。勇：指精神勇敢；武：指力量强大，此处对举成文。

17　终：最终。凌：欺侮。不可凌，指志不可夺。正所谓“三军可以夺帅，匹夫不可夺志”之义。

18　神以灵：指死而有知，英灵不泯。

19　毅：威武不屈。鬼雄：鬼中的英雄。结句是全诗激昂壮烈之气的集中体现，因其为挽歌，故不但表现其生前的壮烈，而且写出死后的英勇，真正全面刻画出英雄的形象，把全诗升华到一个新的高度。宋李清照诗“生当作人杰，死亦为鬼雄”之句，即取义于此。

| 延伸阅读 |

中国古代阵法二

地载阵赞

地阵十二，其形正方。云主四角，冲敌难当。

其体莫测，动用无穷。独立不可，配之于阳。

杂　诗（选一首）[1]

［三国·魏］

曹　植

仆夫早严驾，吾行将远游[2]。

远游欲何之？吴国为我仇[3]。

将骋万里途，东路安足由[4]！

江介多悲风，淮泗驰急流[5]。

愿欲一轻济，惜哉无方舟[6]。

闲居非吾志，甘心赴国忧[7]。

注释

1　曹植的《杂诗》共六首，载于《文选》，虽收为一组诗，但内容并无关联，也不是同时所作。此诗原列第五，表达作者意欲为国赴难、建立功业的愿望以及壮志难酬的苦闷心情。全诗豪迈之中透出一种压抑、郁愤的感情，是作者受排挤的特定生活经历决定的。从诗中可以看出，此诗作于离京归封地之时，但曹植离京归藩共有两次：一为黄初元年（220）归山东临淄；一为黄初四年（223）归山东鄄城。都是从洛阳出发向东行，与诗中“东路”相符。究竟此诗作于何年，尚难断定。

2 仆夫：驭车之人。严驾：备好车马。行：出行。

3 吴国：指东吴。时孙权为帝，魏、吴两国之间常有战事。

4 由：原意是经历的意思，这里引申为行。这两句是说自己的理想是驰骋万里、建功立业，东归封地哪里是自己的本意呢！

5 介：处于两者之间。江介：长江之间。悲风：凄厉的寒风。淮泗：淮水和泗水。淮水即今淮河、源于河南桐柏山，东经安徽、江苏入洪泽湖，下游入海；泗水亦称泗河，源于山东陪尾山，因四源合为一水，故名，流经江苏、徐州等地入淮河。两河是征伐东吴所必经的水域。这两句虽为写景，但“悲”“急”已显示出两国战争形势的紧张。

6 济：渡水。一轻济：轻而易举地渡过水去。方舟：两船相并。这里指船。此二句表面言欲渡河而无凭借，实则指自己没有权力，不能实现自己的理想。

7 国忧：指统一天下的大事。曹植在其《求自试表》中曾言自己不欲为牢笼之养物，愿随大军征伐，“乘危蹈险，为士卒先”，正与此诗意相同。

咏　怀（选一首）[1]

[三国·魏]

阮　籍

壮士何慷慨，志欲威八荒[2]。

驱车远行役，受命念自忘[3]。

良弓挟乌号，明甲有精光[4]。

临难不顾生，身死魂飞扬[5]。

岂为全躯士，欲命争战场[6]？

忠为百世荣，义使令名彰[7]。

垂声谢后世，气节故有常[8]。

注释

1　《咏怀》诗八十二首，是阮籍最重要的五言组诗。诗中多表现自己的苦闷和抱负，对当时的社会亦有一定的揭露和抨击。此诗是其中第三十九首，沉雄豪迈，表现了为国不惜身的情怀。阮籍的《咏怀》诗大部分较曲折隐晦，似乎和他“纵酒避祸”，“口不臧否人物”的处世哲学相通；但这首诗却完全不同，慷慨激昂，直陈胸臆，表现了其思想性格的另一面，甚至可以说是主要的一面——也就是《晋书·阮籍传》中所说的“志气宏放”，即鲁迅先生所谓“更迂执”的一面。

2　八荒：八方极远之地。古人把天下分为九州，九州之外有四海，四海之外是八荒。开头两句，劈面而来，直抒胸怀，先以气势逼人，可与秦始皇“并吞八荒之心”相媲美。

3　行役：因服役或公务在外跋涉。此处指从军。念自忘：常常想到应当不顾自己。

4　乌号：原意为一种树，亦叫桑柘，木质坚硬。后来以此木做弓，射程很远，渐转化为良弓的代称。明甲：有光泽的铠甲，又叫明光铠。

5　魂飞扬：此与屈原《国殇》诗中“魂魄毅兮为鬼雄”同义，但更清隽。这两句言赴国难万死不顾一生，死得其所，格调颇高。

6　全躯士：只顾保全自己性命的人。此二句意为，既然是为国争战在沙场，难道能作一个只顾保全自己性命的人吗？此和前两句相对而言，一正一反，相辅成文。

7　令名：即美名。彰：显明。

8　垂声：流传声誉。射：告诉。气节：操守，品德。故有：本来有。常：常规。

赠秀才入军[1]

［三国·魏］

嵇 康

良马既闲，丽服有晖[2]。

左揽繁弱，右接忘归[3]。

风驰电逝，蹑景追飞[4]。

凌厉中原，顾盼生姿[5]。

注释

1 秀才：原为才能优秀之意，汉时为举士之科目，宋以后泛指读书应举之人。这里指作者的哥哥嵇喜，喜字公穆，曾举秀才，后从军。嵇康以此为题赠他哥哥的诗共有十八首，这首原列第九，设想他哥哥戎装骑射，驰骋战场的景象。诗写得很美，清新流丽，充溢天真的情趣和豪迈的情怀。

2 闲：熟习。《毛诗》曰“君子之马，既驰且闲”，此句即源于《毛诗》。晖：光彩照耀。

3 繁弱：古代大弓名，后作良弓的通称。忘归：古代箭名。汉代刘向《新序》记：“楚王载繁弱之弓，忘归之矢，以射兕于云梦。”此二句说主人公左手持弓、右手搭箭。

4 蹑（niè）：本为追随的意思。景（yǐng）：即古“影”字。蹑景、追飞：二马名，崔豹《古今注》记：“秦始皇有骏马名追风蹑景。”此二句形容马奔驰之快，如风驰电逝一般。

5 凌厉：奋勇向前、气势猛烈。中原：平原。顾：回视。盼：看。顾盼生姿：言往来回首之时，意气风发，形于面上。此最后两句写尽诗中主人公勇敢、潇洒的英姿，极其生动，儒将风度跃然纸上，读之令人神往。

| 延伸阅读 |

中国古代阵法三

风扬阵赞

风无正形，附之于天。变而为蛇，其意渐玄。

风能鼓物，万物挠焉。蛇能为绕，三军惧焉。

失　题[1]

［晋］

傅　玄

弯我繁弱弓[2]，弄我丈八矟[3]。

一举覆三军[4]，再举殄戎貊[5]。

注释

1　此诗写自己杀敌卫国的雄心壮志。简洁古朴。

2　弯：拉满弓。繁弱：大弓名，后泛指良弓。

3　矟（shuò）：长矛的一种。在古代矛长一丈八尺称为矟。

4　覆：颠覆。此处指打败。三军：原指左、中、右三军，后泛指军队。

5　殄（tiǎn）：消灭。戎貊（mò）：古代北方少数民族之一。

代出自蓟北门行[1]

［南朝·宋］

鲍　照

羽檄起边亭，烽火入咸阳[2]。

征骑屯广武，分兵救朔方[3]。

严秋筋竿劲，虏阵精且强[4]。

天子按剑怒，使者遥相望[5]。

雁行缘石径，鱼贯度飞梁[6]。

箫鼓流汉思，旌甲被胡霜[7]。

疾风冲塞起，沙砾自飘扬[8]。

马毛缩如蝟，角弓不可张[9]。

时危见臣节，世乱识忠良。

投躯报明主，身死为国殇[10]。

注释

1 《出自蓟北门行》是乐府《杂曲歌辞》的一种。代：代拟的意思。本篇拟乐府旧题，写壮士从军卫国的壮志，是从军诗中较早的一首描写到边塞景色和军旅生活的诗，具有浓厚的现实主义色彩，在南朝浮靡诗风中是难得的佳作之一。

2 羽，鸟的羽毛；檄，书信，公文。羽檄，以羽毛插信上，以表示急如飞鸟，此处指紧急的军事文件。边亭：用以监视敌人的边防哨亭。烽火：古代边塞士卒在高台上燃柴报警之火，又叫烽燧、狼烟、烽烟。敌人夜来，即举火相告，叫烽；昼至，则烧薪草或狼粪，使望其烟，叫燧。咸阳：秦国都城，故址在陕西省咸阳市东。这里泛指京城。

3 骑（jì）：骑兵，指一人一马。广武：地名，在今山西省代县西。朔方：汉设郡名，在内蒙古自治区鄂尔多斯市西北部。

4 严秋：肃杀、清冷的秋天。筋：古时弓弦用兽筋作成，故此处代指弓。竿：代指箭。劲：强劲，有力。虏：对敌人的蔑称。

5 遥相望：形容传达诏令的使者往来不绝。此二句显现军情紧急。

6 雁行：大雁的行列。此句形容部队沿着石径前进，像一字排开的雁行。鱼贯：像游鱼一样前后相贯。飞梁：飞跨两岸的桥梁。此二句描写行军场面，形象具体。

7 流：流露。汉思：汉民族的情思。被：披。此二句是说战士们在艰苦的胡地作战，旌旗铠甲上都挂上一层寒霜，但心中却热恋祖国，连军乐中都流露出对祖国的深深怀念。

8 此二句描写边塞风光，自然逼真。

9　缩：因天寒而蜷缩。蝟：刺猬。角弓：用兽角装饰的弓。“马毛缩如蝟”比喻贴切，可与唐代岑参的名句“马毛带雪汗气蒸，五花连钱旋作冰”相颉颃。

10　国殇：见前屈原《国殇》注 1。

| 延伸阅读 |

中国古代阵法四

云垂阵赞

云附于地，始则无形。变为翔鸟，其状乃成。

鸟能突击，云能晦冥。千变万化，金革之声。

胡无人行[1]

［南朝·梁］

吴 均

剑头利如芒，恒持照眼光[2]。

铁骑追骁虏，金羁讨黠羌[3]。

高秋八九月，胡地早风霜[4]。

男儿不惜死，破胆与君尝[5]。

注释

1 《胡无人行》，乐府《相和歌辞》曲名。此为拟乐府旧题，写边塞将士持刀跃马追杀顽敌的英姿和舍身报国的精神。全诗清新明快、充满必胜的信心。

2 芒：本为一种草名，其尖端锋利。此喻剑之锋利。恒持：常常携带。持，把，握。

3 铁骑：指精良的骑兵。骁（xiǎo）：强悍，勇猛。金羁（jì）：金饰的马笼头。这里代指骑兵。黠（xiá）：狡猾。羌：羌族。我国古代西部少数民族之一；当时常和汉族发生战争。

4 高秋：秋高气爽之时。这是较早写塞外冬天来得早的句子，岑参名句“胡天八月即飞雪”似从此二句化出。

5　破胆：剖胆。君：指皇帝。在封建社会中皇帝往往是国家的代名词，因此文学作品常常在忠君的形式下体现爱国思想。

| 延伸阅读 |

中国古代阵法五

龙飞阵赞

天地后冲，龙变其中。有爪有足，有背有胸。

潜则不测，动则无穷。阵形赫然，象名为龙。

关山月[1]

［南朝·陈］

徐　陵

关山三五月，客子忆秦川[2]。

思妇高楼上，当窗应未眠[3]。

星旗映疏勒，云阵上祁连[4]。

战气今如此，从军复几年[5]？

注释

1　《关山月》是乐府《鼓吹曲·横吹曲》名，多写戍人征妇伤别之意、家国之思。古代从军诗中，这方面题材占相当比重，表现特点则缠绵悱恻，富有阴柔之美，和金甲铁马的阳刚之美形成鲜明的对照。徐陵此诗是借汉代事写战争题材，反映从军战士的家国之思。

2　三五月：即农历十五日的月亮。古人为了韵律之美，习惯把一个整数分开，用两个乘数表示，如“二八佳丽”实指十六岁的漂亮女孩。客子：出门在外的游子。这里指从军的士兵。秦川：关中一带，汉代国都长安所在地，因是秦国故地，所以称秦川。这两句写从军在外，见月圆而人不能团聚，故起无限思家之情。

3　“思妇”两句：写客子思家。本自己思念家人，反写家中的亲人思念自己而深夜无眠，宕开笔墨，更觉深沉。杜甫诗《月夜》“今夜鄜州月，闺中只独看”，正用此法。

4　星旗：像星星一样多的战旗。疏勒：国名，汉时西域三十六国之一，故址在今新疆维吾尔自治区疏勒县一带。云阵：阵云。祁连：山名，即天山。《汉书》记霍去病曾于元狩二年（前123）在此大败匈奴，捕敌甚多。

5　战气：战争的气氛。结尾两句言战争气氛浓厚，慨叹从军无期，意味深长。

| 延伸阅读 |

中国古代阵法六

虎翼阵赞

天地前冲，变为虎翼。伏虎将搏，盛其威力。

淮阴用之，变为无极。垓下之会，鲁公莫测。

木兰诗[1]

［北朝］

无名氏

唧唧复唧唧，木兰当户织[2]。不闻机杼声[3]，唯闻女叹息。问女何所思？问女何所忆？女亦无所思，女亦无所忆。昨夜见军帖，可汗大点兵[4]。军书十二卷，卷卷有爷名[5]。阿爷无大儿，木兰无长兄。愿为市鞍马[6]，从此替爷征。

东市买骏马，西市买鞍鞯[7]，南市买辔头[8]，北市买长鞭。朝辞爷娘去，暮宿黄河边。不闻爷娘唤女声，但闻黄河流水鸣溅溅[9]。旦辞黄河去，暮至黑山头[10]。不闻爷娘唤女声，但闻燕山胡骑鸣啾啾[11]。

万里赴戎机，关山度若飞[12]。朔气传金柝，寒光照铁衣[13]。将军百战死，壮士十年归。

归来见天子，天子坐明堂[14]。策勋十二转，赏赐百千强[15]。可汗问所欲，“木兰不用尚书郎[16]，愿借明驼千里足，送儿还故乡[17]”。

爷娘闻女来，出郭相扶将[18]；阿姊闻妹来，当户理红妆；小弟闻姊来，磨刀霍霍向猪羊。开我东阁门，坐我西阁床。脱我战时袍，着我旧时裳。当窗理云鬓，对镜帖花黄[19]。出门看火伴[20]，火伴皆惊忙：同行十二年，不知木兰是女郎。

雄兔脚扑朔，雌兔眼迷离[21]。双兔傍地走，安能辨我是雄雌[22]。

注释

1 《木兰诗》，具体写作时间不详，大部分学者认为当产生于北朝的后魏。宋郭茂倩《乐府诗集》将其收入《横吹曲辞·梁鼓角横吹曲》中。该诗描写了木兰女扮男装，代父从军，驰骋沙场，立功凯旋的故事。特别值得一提的是立功后的木兰并不希求功名富贵，表现了为国而战的高尚品格。全诗民歌气息浓厚，朴实流畅，有些地方的心理、行为描写细致传神，是叙事诗中的佳作，深受历代读者喜爱，影响深远，“木兰”已成为巾帼英雄的代名词。

2 唧唧（jī）：叹息声。当户：对着门户。

3 杼（zhù）：织布的梭子。

4 军帖：征兵的文书、名册。可汗（kè hán 客韩）：汉代以后，西北民族对君主的称呼。

5 爷：父亲。

6 市：购买。当时实行府兵制，从军入伍之人必须自备鞍马、兵器等。

7 鞯（jiān）：马鞍的垫子。

8 辔（pèi）头：马笼头。

9 溅溅（jiān）：流水声。

10 黑山：山名，今北京市昌平区境内的天寿山。

11 燕山：指古燕山山脉，从蓟北至山海关。啾啾（jiū）：象声词，此指马鸣声。上面八句具体描写行军路线以及木兰在途中思家的情形。诗中用“不闻爷娘唤女声”表现木兰的思家之情，贴切自然，正是女孩家声音口吻。

12　戎机：指军事行动。关山：关隘和山脉。这两句写木兰跋山涉水，转战千里。

13　朔气：北方寒冷之气。金柝（tuò）：又名刁斗。是我国古代军队用的一种食器，铜质、有柄、三只脚，白天用来烧饭，晚上用来敲击报更。铁衣：铠甲。此段以简略笔墨概括战争情形。

14　天子：皇帝。明堂：古代皇帝举行各种大典的宫殿，此处指皇帝临朝接见凯旋将士的殿堂。

15　策勋：记功。策字本义是简册，因用来记事，故又转化为动词"记"的意思。十二转：古时把勋位分作许多等级，最多有十二级，随着功劳的加大，每升迁一级叫一转。这里的十二转不能求实，只是一种夸张的说法，表示功多。本诗中的其他数字，亦宜作如是观。强：略多，有余。百千强：形容赏钱之多。

16　用：需要。尚书郎：官名，尚书机关的侍郎，古代各朝代有所变化，这里泛指朝中官员。

17　明驼：古代驼名，古书记载不一，但皆言高大、善行，唐段成式《酉阳杂俎》言驼能日行千里。儿：木兰自称。

18　郭：外城。将：扶携的意思。这句是说老迈的父母互相搀扶出城来迎接女儿。

19　云鬓：柔美如云的鬓发。帖：同"贴"。花黄：古时女子的一种面饰，又称"黄额妆"，即在额间涂黄色颜料；或用金黄纸剪成各种形状贴于额间。

20　火伴：同伙伴，指战友。

21　扑朔：扑打、跳动的样子。迷离：模糊不清。"扑朔""迷离"是雌、雄二兔共有的特征，这里用的是互文，不可分开，意为“雄兔脚扑朔、眼迷离；雌兔也脚扑朔、眼迷离”，同白居易《琵琶行》中“主人下马客在船”形式一样，是古诗中常用的一种笔法。另外从这两个词的本义上以及后代诗人的用法上也可以看出“扑朔迷离”是雌雄兔共有的特征。《辞源》在解释此词条时说：言不辨其为男为女也。显然只有是共同的特征才无法分辨，这也和我们日常用此词时的理解相同。在古代诗人的作品中，扑朔、迷离都可以代指兔，并不分雌雄，如苏轼《游经山诗》中有“寒窗暖足来扑朔”之句；陆游也有“泼剌河鲂初出水，迷离穴兔正迎霜”的诗句，都可作佐证。

22　傍地走：贴地而跑。最后四句是歌者的话，用比喻的手法赞叹木兰女扮男装之妙。

| 延伸阅读 |

中国古代阵法七

鸟翔阵赞

鸷鸟将抟，必先翱翔。势凌霄汉，飞禽伏藏。

审之而下，必有中伤。一夫突击，三军莫当。

出　塞（选一首）[1]

［隋］

杨 素

汉虏未和亲，忧国不忧身。

握手河梁上，穷涯北海滨[2]。

据鞍独怀古，慷慨感良臣[3]。

历览多旧迹，风日惨愁人[4]。

荒塞空千里，孤城绝四邻[5]。

树寒偏易古，草衰恒不春[6]。

交河明月夜，阴山苦雾辰[7]。

雁飞南入汉，水流西咽秦[8]。

风霜久行役，河朔备艰辛[9]。

薄暮边声起，空飞胡骑尘[10]。

注释

1　出塞：乐府歌曲名，属《横吹曲辞》，大都写边塞生活、边地景物和有关征战的内容。此诗大约作于隋文帝开皇二十年（600），当时杨素领兵对突厥作战，远征塞外。由于作者是亲身感受，所以对边疆景物和行军艰苦情形的描绘都细致、真实，言之有物。其中对“忧国不忧身”的精神的礼赞，尤值得称颂。

2　和亲：汉高祖时为了避免和匈奴发生战争，曾娶宗室女托名为长公主，远嫁匈奴，结为姻亲，以后把这种和少数民族议和通亲之举称为和亲。河梁：桥。穷：尽。涯：边。此四句写汉代苏武的故事，汉武帝时，苏武出使匈奴被扣留，受尽凌辱，史书记其被匈奴绝食后，“啮（niè）雪与旃（zhān）毛并咽之”，得以不死，匈奴以为神人，最后将他送往北海之滨（今俄罗斯贝加尔湖）无人处放羝羊（雄羊），要等羝羊下羔后才准许他回国，借以逼迫他屈服，但他为国忘身，坚强不屈，“杖汉节牧羊，卧起操持，节旄（máo）尽落”。十九年后，汉昭帝和匈奴和亲，苏武才得以回国。在匈奴国期间，战败投降的汉将李陵曾见苏武，劝其投降，但被苏武拒绝，其志弥坚。相传二人临别时有诗互相赠送，李陵赠苏武的诗中有一首起句为“携手上河梁”，此诗中第二句即指此而言。

3　据：依，靠。良臣：指苏武。此二句说作者行军来到塞外，缅怀古代忠臣苏武，感慨万端，千百年之后犹敬仰其“忧国不忧身”的精神。

4　旧迹：以往的战争遗迹。此句说环视古战场，阴风怒号，惨无天日，兴起无限悲凉之感。

5　绝四邻：言四面无所依傍。此句写塞外的荒凉，千里无人烟。

6　古：通“枯”，衰枯。恒：永远。这句是说塞北由于天气寒冷，所以树和草都很容易枯死，好像永远没有春天一样。

7　交河：城名，汉代于西域车师前国所设，因河水分流绕城下，故名交河，故址在今新疆维吾尔自治区吐鲁番地区。阴山：山名，地处中原地区和塞外地区相交接处，是古时中原地区的天然屏障，在今内蒙古自治区中部。此句写部队昼夜行军情形和所经过的地方。

8　汉：指中原地区。这句写边地景色，秋天大雁从北向南而飞，河流从西北高原流向秦中平原，写景中暗含思乡之情。

9　行役：见阮籍《咏怀》注 3。河朔：黄河以北。此句意为塞外行军作战之人历尽风霜、备尝艰辛。

10　薄暮：傍晚、黄昏。边声：指边地上马鸣、风号以及笳鼓之声。暮色中敌人骑兵大举进犯，搅起的尘土漫天飞扬。

出　塞（选一首）[1]

［唐］

虞世南

上将三略远，元戎九命尊[2]。

缅怀古人节[3]，思酬明主恩[4]。

山西多勇气[5]，塞北有游魂[6]。

扬桴度陇坂，勒骑下平原[7]。

誓将绝沙漠，悠然去玉门[8]。

轻赍不遑舍，惊策骛戎轩[9]。

凛凛边风急，萧萧征马烦[10]。

雪暗天山道[11]，冰塞交河源。

雾烽黯无色，霜旗冻不翻[12]。

耿介倚长剑，日落风尘昏[13]。

注释

1　此诗是为和前面杨素的《出塞》诗而写，故其中关联处很多，内容亦和前诗相仿，只是其中多出对杨素的歌颂。诗中有不少新奇之句，如“雪暗天山道”、“霜旗冻不翻”等都为后人所化用。

2　上将：指杨素，他初任北周车骑大将军，后从隋文帝定天下，以功加上柱国，封越国公，执掌朝政，显赫一时。略：巡视，攻占。三略远：指杨素几次带兵远征，同突厥、吐谷浑作战。元戎：元帅。九命尊：指杨素多次被命为元帅，有“入相出将”的尊崇地位。“三”“九”都是虚数，言其多。

3　节：气节。指杨素诗中怀念苏武的事。

4　酬：报答。

5　“山西”句：《汉书》中曾有“秦汉以来，山东出相，山西出将”之说，因白起、王翦、李广等皆山西人，以“武勇显闻”，杨素是陕西华阴人，也属山西（太行山以西）地区，所以说“山西多勇气”，歌颂杨素。

6　塞北：长城以北。游魂：对来犯敌军的蔑称。《世说新语·雅量》中有“苻坚游魂近境”之语。

7　桴（fú）：鼓槌。陇坂：六盘山南段古称陇坂或栊山，这里泛指山坡。勒骑：拉紧缰绳，控制马的速度。

8　绝：横渡。玉门：古代关名，在今甘肃省敦煌市西北，是古时通往西域的要道。此句说杨素从容不迫，带兵西出玉门关，横渡沙漠，进军西域。

9　赍（jī）：行装、辎重等。遑：闲暇。舍：住宿。惊：快，迅速。策：本义为马鞭，后转化为动词，以鞭击马之义。骛（wù）：急驰。戎轩：战车。此处写行军的紧急，只带轻装，顾不得休息，快马加鞭，驱车前进。

10 凛凛：寒冷。萧萧：马鸣声。烦：同“繁”，多的意思。

11 天山：即今祁连山。

12 “雾烽”二句：说晨雾太浓使烽火黯淡无色，风霜太冷使旌旗冻硬，不能上下翻飞。前面几句从雪、冰、雾、霜四个方面来写塞外的寒冷。

13 耿介：刚正不阿。宋玉《大言赋》“长剑耿耿倚天外”。这里借此写元帅杨素的英武形象。结尾两句刻画出一个在昏暗苍莽、风尘迷漫的落日沙漠中挺然而立的将军形象，以景衬人，可以入画。

| 延伸阅读 |

中国古代阵法八

蛇蟠阵赞

风为蛇蟠，附天成形。势能围遶，性能屈伸。

四奇之中，与虎为邻。后变常山，首尾相因。

从军行[1]

［唐］

骆宾王

平生一顾念，意气溢三军[2]。

野日分戈影[3]，天星合剑文[4]。

弓弦抱汉月[5]，马足践胡尘。

不求生入塞，唯当死报君。

注释

1　《从军行》，乐府《相和歌·平调曲》名，唐吴兢《乐府古题要解》曰：“《从军行》，皆述军旅苦辛之词也。”实际上后来诗的内容有所改变，凡和从军报国有关的内容，皆可以此为题。骆宾王此诗是拟乐府旧题，表现了为国从军、视死如归的气概。

2　顾念：眷念。三军：泛指军队。首句诗人抒写自己的怀抱，平生最大的志愿就是驰骋疆场、勇冠三军。

3　野日：旷野的太阳。戈影：指太阳照在戈上的影像。分：本义为分开，这里指由于扛戈之人的行走，使戈上的日影飘忽不定。

4　天星：天上的星星，此处特指“剑光星”，又名“破军星”，即北斗第七星。剑文：剑上的七星纹。《晋书·张华传》中有“详观剑文，乃干将也”之语。合剑文：是说天上的星星和剑上所刻的星图相吻合。

5　汉月：中原的月亮。抱：指持弓的姿势，古人形容射箭有“左手如弓开满月，右手似怀抱婴孩”之说。这里是说弓弦拉得像月亮一样圆。

| 延伸阅读 |

中国古代阵法九

孔明八阵图

据《三国志·蜀志·诸葛亮传》载：“（亮）推演兵法作八阵图。”后人考其遗迹绘成图形，见《武备志》。据记载，八阵图遗迹有三处：《水经·沔水注》及《汉中府志》说在陕西沔县（今陕西省汉中市勉县）东南诸葛亮墓东；《太平寰宇记》说在四川夔州（今奉节县）南江边，《明一统志》说在四川新都区北三十里的牟弥镇。

从军行[1]

［唐］

杨　炯

烽火照西京，心中自不平[2]。

牙璋辞凤阙[3]，铁骑绕龙城[4]。

雪暗凋旗画，风多杂鼓声[5]。

宁为百夫长，胜作一书生[6]。

注释

1　唐代从军诗极多，特别是到了盛唐，由于国力强盛、战争频仍，加之当时处于向上时期的封建社会的青春朝气、民族自信，形成了著名的边塞诗派。从风格上看，杨炯此诗已开盛唐边塞诗先河。

2　烽火：见鲍照《代出自蓟北门行》注2。西京：指唐朝都城长安，即今陕西省西安市，所谓“西”是和东都洛阳相对而言。照西京：唐朝视敌情缓急而增加烽火的炬数，此处说敌情严重，烽火炬数多，直传到京城长安。不平：言心中激愤之情难以平静。

3　牙璋：古人调兵的兵符，分两块，凸凹相合处为牙状，故称牙璋，使用时一留朝廷，一在主帅手中，两相对合，才可以调动军队。《周礼·春官》言："牙璋以起军旅，以治兵守。"阙（què）：本意指古代皇宫大门前两边供瞭望的楼，后泛指皇帝居住的宫殿。汉武帝时修建章宫，其圆阙上立有双凤，故称"凤阙"。这句是说将帅奉命出师，离开皇宫。

4　铁骑（jì）：精锐的骑兵。绕：包围。龙城：又名龙庭，汉代时匈奴地名。匈奴每年五月在此大会各路酋长，同时祭祀天地、鬼神、祖先等等，是其政治、文化活动中心。故址在今蒙古国鄂尔浑河畔。

5　凋：本义衰败，这里指暗淡、模糊的样子。旗画：战旗上的彩画。此二句意为：纷飞的大雪使得军旗上的绘画模糊不清，呼啸的寒风中时时夹杂着战鼓的响声。写战斗的艰苦、激烈。

6　宁为：宁愿做。百夫长：唐以前军队的一种低级军官，可指挥一百名士兵，《史记集解》注其为"卒率"。这里泛指下层军官。结尾两句慷慨激昂，表现了文人志愿投笔从戎、保家卫国的豪情。唐代文人诗中表现这种情绪的很多，像王维诗中的"岂学书生辈，窗前老一经"，杜甫诗中的"壮士耻为儒"，等等，但以杨炯此句为最先。

杂　诗（选一首）[1]

［唐］

沈佺期

闻道黄龙戍，频年不解兵[2]。

可怜闺里月，长在汉家营[3]。

少妇今春意，良人昨夜情[4]。

谁能将旗鼓，一为取龙城[5]。

注释

1　此题共三首，皆写闺妇和征人相思之情，此篇原列第三。沈佺期虽以应制诗为人所鄙视，但于律诗创作自有其不可磨灭的贡献。这首五律感情真挚，用词朴实，无靡丽之气，实是他诗中的佳作。

2　黄龙戍：又名黄龙冈，是唐时东北要塞，地点在今辽宁省开原市西北。频年：连年。解兵：罢兵，停止战争。

3　可怜：可叹。汉：指汉族，也指汉朝，唐时诗人为了避免直写，多以汉代唐。此二句虽是思妇口气，但实际上是互指，当年夫妻共同赏月，如今却人分两地、天各一方，互相思念。

4　今春意：实际上是“春春意”，也即“年年意”，古人常以一季代一年。良人：原是夫妻互称，后多用于妻子称呼丈夫。昨夜情：夜夜情。

5　旗鼓：代指军队。龙城：见杨炯《从军行》注4。末两句写妻子和丈夫的共同心愿，希望有人带领军队，消灭敌人，结束战争。

| 延伸阅读 |

古代著名战役之阪泉之战

轩辕之时，神农氏世衰。诸侯相侵伐，暴虐百姓，而神农氏弗能征。于是轩辕乃习用干戈，以征不享，诸侯咸来宾从。而蚩尤最为暴，莫能伐。炎帝欲侵陵诸侯，诸侯咸归轩辕。轩辕乃修德振兵，治五气，艺五种，抚万民，度四方，教熊罴貔貅貙虎，以与炎帝战于阪泉之野。三战，然后得其志。

——《史记·五帝本纪》

感　遇（选一首）[1]

［唐］

陈子昂

本为贵公子[2]，平生实爱才。

感时思报国，拔剑起蒿莱[3]。

西驰丁零塞，北上单于台[4]。

登山见千里，怀古心悠哉。

谁言未忘祸？磨灭成尘埃[5]！

注释

1 《感遇》组诗共有三十八首，相当于“咏怀”一类题材，写作年代不同，内容也较复杂。此诗原列第三十五。唐睿宗垂拱二年（686）陈子昂曾随乔知之北征，有感于边防守备松懈而作此诗。全诗沉郁刚健，在创作实践上实现了他极力提倡的“汉魏风骨”。

2 贵公子：富贵家子弟。

3 蒿莱：本是两种草名，这里指草野，即和朝廷相对的民间。

李白诗“仰天大笑出门去，吾辈岂是蓬蒿人”中的“蓬蒿”也是此意。

4　丁零：唐代州名，属陇右道月（ròu）支都督府，在今新疆维吾尔自治区吐鲁番市境内，为当时边塞之一。单于台：古地名，地址在今内蒙古自治区呼和浩特市西。

5　“谁言”二句：谁说人们没有忘记过去的灾难呢？它们已随着历史的发展变成尘埃被人们渐渐淡忘了。结尾批评边防不严，语极沉痛，令人警醒。

| 延伸阅读 |

古代著名战役之涿鹿之战

蚩尤作乱，不用帝命。于是黄帝乃征师诸侯，与蚩尤战于涿鹿之野，遂禽杀蚩尤。而诸侯咸尊轩辕为天子，代神农氏，是为黄帝。

——《史记·五帝本纪》

送魏大从军[1]

［唐］

陈子昂

匈奴犹未灭，魏绛复从戎[2]。

怅别三河道，言追六郡雄[3]。

雁山横代北，飞塞接云中[4]。

勿使燕然上，空留汉将功[5]。

注释

1　魏大：生平不详。在这首送友人的诗中，作者豪情勃发，勉励朋友为国争光，杀敌立功，诗中洋溢着必胜的信念和奋发向上的精神，读之令人怦然心动，激动不已。

2　匈奴：古代北方少数民族之一，汉时长期和汉族为敌，这里泛指和唐朝为敌的少数民族。《史记·卫青霍去病列传》中记骠骑将军霍去病“匈奴未灭，何以家为”之语。诗句正从此化出。魏绛：春秋时晋国大夫。《左传》记其曾向晋悼公进和戎之策，消除了边患。此处借魏绛指魏大。

3　怅别：惆怅地分别。三河：汉代称河东（山西省南部）、河内(河南省黄河以北)、河南(河南省黄河以南)为三河郡。《史记·货殖列传》中有“夫三河在天下之中，若鼎足，王者所更居也”之语。追：追攀，赶上。六郡：指陇西、天山、安定、北地、上郡、西河。雄: 英雄。指西汉立功边地的赵充国,《汉书》记其“为六郡良家子”，“善骑射”，“从贰师将军击匈奴，官至后将军”。

4　雁山: 雁门山，在代州(今山西省代县)北三十五里。飞塞: 亦名飞狐塞、飞狐口，在今河北省涞源县北。云中：云中郡，唐时该郡治所在今山西省大同市北。此二句写魏大从军所在地。

5　燕(yān)然: 山名，即杭爱山，在今蒙古国境内。《后汉书·窦宪传》记其大破匈奴后，登燕然山．“刻石勒功，纪汉威德，令班固作铭”。汉将：即指窦宪。结尾鼓励魏大立功边塞，与古代英雄一比高低。

|延伸阅读|

古代著名战役之牧野之战

牧野洋洋，檀车煌煌，驷騵彭彭。维师尚父，

时维鹰扬。凉彼武王，肆伐大商，会朝清明。

——《诗经》

凉州词[1]

［唐］

王　翰

葡萄美酒夜光杯[2]，欲饮琵琶马上催[3]。

醉卧沙场君莫笑，古来征战几人回[4]。

注释

1　凉州词：唐代乐府曲《凉州歌》的唱词，该曲是唐开元中西凉府都督郭知运进献。凉州在今甘肃省武威市。王翰的这首《凉州词》论者或以为“豪迈”，或认为“感伤”，千百年来一直脍炙人口，广为流传，和王之焕的《凉州词》（“黄河远上白云间”）同负盛名。仔细分析，诗的妙处正在豪迈与感伤之间，既不单纯作豪壮语，亦不专作伤感之词，而是二者的有机融合，表现了战场将士一种极复杂、极真实的心理，在盛唐边塞诗中独树一帜，极为难得。从某种意义上讲，诗中刻画的是立体的形象，表现的是现代人的心绪，达到的效果也是现代艺术所刻意追求的。

2　夜光杯：一种精致的酒杯。东方朔《海内十洲记》上讲周穆王时，西胡献“夜光常满杯”，由白玉精制而成，光明夜照。

3　琵琶：乐器名。《释名·释琵琶》条记："琵琶本出胡中，马上所鼓也。"这句说正举杯欲饮，马上又响起琵琶声，催人痛饮。

4　沙场：战场。结尾二句豪迈、旷达、沉痛、谐谑、含蓄融于一体，战士的情意、志向、心声、勇气包含无余。

| 延伸阅读 |

古代著名战役之城濮之战

己巳，晋师陈于莘北，胥臣以下军之佐当陈、蔡。子玉以若敖之六卒将中军，曰："今日必无晋矣！"子西将左，子上将右。胥臣蒙马以虎皮，先犯陈、蔡。陈、蔡奔，楚右师溃。狐毛设二旆而退之，栾枝使舆曳柴而伪遁，楚师驰之，原轸、郤溱以中军公族横击之。狐毛、狐偃以上军夹攻于西，楚左师溃。楚师败绩。

——《左传·僖公二十八年》

凉州词（选一首）[1]

［唐］

王之涣

黄河远上白云间，一片孤城万仞山[2]。

羌笛何须怨杨柳，春风不度玉门关[3]。

注释

1　凉州词：见王翰《凉州词》注1。王之涣以边塞诗闻名，“歌从军，吟出塞”，名动一时，可惜作品流传甚少，但仅此一首，即足以确立其在边塞诗中的地位。全诗意境阔大苍茫，西北风光尽集笔下，写景的同时，又自然流露出诗人对边塞将士的同情和关怀，做到了情景交融、无迹可寻，非大手笔不能如此。

2　“黄河”句：一作“黄沙直上白云间”。孤城：所指不详。万仞（rèn）：古时八尺为一仞，万仞形容极高。此二句写荒凉之景，妙在“孤城”，如果绝无人烟，自然亦无荒凉，有了“孤城”，就有了城中之人，有了人就有了思想，方能表现出荒凉。

3　羌笛：又称羌管，古代西北羌族人所吹之笛，后传入中原。杨柳：《折杨柳曲》，古人因柳与“留”谐音，故送行时折柳相赠表示挽留，据六朝无名氏《三辅黄图》记载，此风俗最早起于汉朝。后来折杨柳在诗中成为送别的代名词。《折杨柳曲》是怨恨离别之曲。玉门关：见虞世南《出塞》诗注8。此二句意为羌笛何必吹那哀怨的《折杨柳曲》，春风本来就不能吹到玉门关西边。暗指朝廷不关心守边将士，征人起归家之念。

| 延伸阅读 |

古代著名战役之长平之战

秦攻赵长平，齐、楚救之。秦计日：“齐、楚救赵，亲，则将退兵；不亲，则且遂攻之。”赵无以食，请粟于齐，而齐不听。苏秦谓齐王曰：“不如听之，以却秦兵，不听则秦兵不却，是秦之计中，而齐燕之计过矣。且赵之于燕、齐，隐蔽也，齿之有唇也，唇亡则齿寒。今日亡赵，则明日及齐、楚矣。

——《战国策·齐策二·秦攻赵长平》

望蓟门[1]

[唐]

祖　咏

燕台一望客心惊[2]，笳鼓喧喧汉将营[3]。

万里寒光生积雪，三边曙色动危旌[4]。

沙场烽火连胡月，海畔云山拥蓟城[5]。

少小虽非投笔吏[6]，论功还欲请长缨[7]。

注释

1　蓟门：即蓟丘，故址在今北京市德胜门外。

2　燕台：也叫金台、黄金台，位于古蓟门，即今北京市德胜门外。相传战国时燕昭王曾在此筑台，上置黄金，招揽天下才士，故有黄金台之称。客：游客，这里是作者自指。

3　笳：古代一种以芦苇或竹制的管乐器，流行于西域一带。汉将营：指唐朝的军营。

4　生积雪：产生于积雪之中。三边：古代称幽州、并州、凉州为三边，即东北部、北部和西北部的边防地带。危：高。这两句写边境景色，也是前面心惊的由来，“寒光”“危旌”

显示形势的紧张。

5　沙场：战场；拥：围绕。因蓟城背靠燕山，面临渤海，故有“海畔云山”之说。

6　投笔吏：《后汉书·班超传》记班超年轻时曾为抄文书的小吏，一日投笔长叹说：大丈夫应当效法傅子介、张骞立功异域以封侯，怎能长久在笔砚之间讨生活呢？于是从军出使西域，最终被封为定远侯。“投笔从戎”的典故即源于此。此处是作者言自己不敢和班超相比。

7　请长缨：《汉书·终军传》记终军出使南越时，向汉武帝说，愿意用一根绳子把南越王牵来，以示其必然成功，后来果然不负使命。长缨：长绳子。结尾两句因见边事紧急而起投军之志，顺接自然，不失英雄气概。

| 延伸阅读 |

古代著名战役之雁门之战

李牧至，如故约。匈奴数岁无所得。终以为怯。边士日得赏赐而不用，皆愿一战。于是乃具选车得千三百乘，选骑得万三千匹，百金之士五万人，彀者十万人，悉勒习战。大纵畜牧，人民满野。匈奴小入，详北不胜，以数千人委之。单于闻之，大率众来入。李牧多为奇陈，张左右翼击之，大破杀匈奴十余万骑。灭襜褴，破东胡，降林胡，单于奔走。其后十余岁，匈奴不敢近赵边城。

——《史记·李牧列传》

从军行（选二首）[1]

［唐］

王昌龄

一

青海长云暗雪山，孤城遥望玉门关[2]。

黄沙百战穿金甲，不破楼兰终不还[3]。

二

大漠风尘日色昏，红旗半卷出辕门[4]。

前军夜战洮河北，已报生擒吐谷浑[5]。

注释

1　从军行：见骆宾王《从军行》注1。以“七绝圣手”著称的王昌龄，在边塞诗中充分发挥了他的特长，几首边塞诗绝句一直为人们津津乐道。他的《从军行》组诗共七首，这里选的是第四第五两首。第四首表现了边防将士杀敌立功、勇往直前的决心和壮志，显示了一种必胜的信心和战斗到底的气概。

2 青海：青海湖，在今青海省西宁市西。长云：指云层厚重弥漫，暗指战云。雪山：即今祁连山，在甘肃省、青海省之间，河西走廊之南。孤城：即玉门关，详见杨素《出塞》注 7。开头两句阔大雄浑，充分渲染环境，回首远望玉门关，思念关内的亲人，更增守边将士自豪之感，自然生出下面的豪情。

3 穿：磨破。楼兰：汉时西域国名，又称鄯（shàn）善国，位于新疆维吾尔自治区鄯善县东南一带。《汉书·傅子介传》记汉时楼兰与匈奴相勾通，屡杀汉使，傅子介前往楼兰，用计杀了楼兰王。此处借汉喻唐，楼兰是泛指西域一带的敌人。此二句是说即使身经百战、铁甲磨穿，也要消灭敌人、凯旋归国。

4 大漠：无边的沙漠。辕门：军营之门。古代军队扎营时，多以战车相环，首尾连接，围成军营，出口处两个车辕相向竖起，对称如门，故称辕门。此二句是说，在广阔的沙漠上，狂风卷着黄沙，搅得天昏地暗，军旗被吹得裹在一起，舒展不开，部队在这种恶劣的气候下出发讨敌。

5 洮（táo）河：又称洮水，黄河上游支流之一，发源于甘肃省临潭县西倾山，经临洮县后入黄河。吐谷（tǔ yù）浑：古部族名，属晋时鲜卑族慕容氏的后裔，居于洮水西南一带，唐时不断侵扰西北地区。此处泛指敌军首领。此二句由前二句贯穿下来，是说出发的部队接到先锋部队的消息，昨天夜里洮河夜战，已将敌军的首领活捉。

出　塞（选一首）[1]

［唐］

王昌龄

秦时明月汉时关[2]，万里长征人未还[3]。

但使龙城飞将在，不教胡马度阴山[4]。

注释

1　出塞：见杨素《出塞》注1。该题原作二首，这里选其一。此诗见物思人，通过对历史名将的怀念，表现出希望朝廷任用得力将领巩固边防的愿望。诗中透出一种凄婉、哀怨的情绪，令人百读不厌。

2　“秦时”句：秦朝时修筑长城以防备匈奴，汉时匈奴屡屡入侵，朝中将军也多次出击，此举秦汉以代表从古至今边患不绝。秦月汉关实是互文，意思是说月照边关是秦汉二朝都有的现象。

3　“万里”句是说无数出征将士，死在边防战斗之中，不能回还。

4　龙城：即卢龙城，唐时为平州治所，现今在河北省卢龙县。飞将：据《汉书·李广传》载，李广为右北平（平州）太守，英勇无敌，匈奴为之胆寒，称为“汉之飞将军”。龙城飞将即指李广。阴山：阴山山脉，横跨内蒙古自治区南境，西起河套，东抵小兴安岭，是当时北方的天然屏障。结尾是说如果有李广那样的勇将在，是不会让敌人的骑兵跨过阴山的。

| 延伸阅读 |

古代著名战役之巨鹿之战

当是时，楚兵冠诸侯。诸侯军救巨鹿下者十余壁，莫敢纵兵。及楚击秦，诸将皆作壁上观。楚战士无不以一当十。楚兵呼声动天，诸侯军无不人人惴恐。于是已破秦军，项羽召见诸侯将，入辕门，无不膝行而前，莫敢仰视。项羽由是始为诸侯上将军，诸侯皆属焉。

——《史记·项羽本纪》

从军行[1]

［唐］

崔国辅

塞北胡霜下，营州索兵救[2]。

夜里偷道行[3]，将军马亦瘦[4]。

刀光照塞月，阵色明如昼[5]。

传闻贼满山，已共前锋斗[6]。

注释

1 从军行：见骆宾王《从军行》注1。此诗描写部队接到边地告急，将士急行取道增援的情景。全诗情势紧张，有剑拔弩张之势。

2 胡霜下：指风霜降下，似有暗喻敌兵进犯之意。营州：州名，唐代设有营州都护府，治所在今辽宁省锦州市西一带。索：请求。

3 偷道行：秘密取道前行。

4 “将军”句：写行军紧急的情形，使人起“马犹如此，人何以堪”的感叹。

5 “刀光”二句：军队在明亮的月光下行军，阵伍齐整，刀剑不时闪着清光。

6 “传闻”二句：写将要与敌军相接。既然先头部队已和敌军交锋，则后继部队更该迅速前进。全诗自始至终用意不在写战斗，贯以一个“急”字，写急行军。

| 延伸阅读 |

古代著名战役之背水一战

信乃使万人先行，出，背水陈。赵军望见而大笑。平旦，信建大将之旗鼓，鼓行出井陉口，赵开壁击之，大战良久。於是信、张耳详弃鼓旗，走水上军。水上军开入之，复疾战。赵果空壁争汉鼓旗，逐韩信、张耳。韩信、张耳已入水上军，军皆殊死战，不可败。信所出奇兵二千骑，共候赵空壁逐利，则驰入赵壁，皆拔赵旗，立汉赤帜二千。赵军已不胜，不能得信等，欲还归壁，壁皆汉赤帜，而大惊，以为汉皆已得赵王将矣，兵遂乱，遁走，赵将虽斩之，不能禁也。于是汉兵夹击，大破虏 赵军，斩成安君泜水上，擒赵王歇。

——《史记·淮阴侯列传》

古从军行[1]

［唐］

李颀

白日登山望烽火，黄昏饮马傍交河[2]。

行人刁斗风沙暗[3]，公主琵琶幽怨多[4]。

野云万里无城郭，雨雪纷纷连大漠。

胡雁哀鸣夜夜飞，胡儿眼泪双双落。

闻道玉门犹被遮，应将性命逐轻车[5]。

年年战骨埋荒外，空见蒲桃入汉家[6]。

注释

1　古从军行：见骆宾王《从军行》注1。此诗是拟古，故称“古从军行”。诗中描写了戍卒的悲苦生活，并对唐王朝的好战进行讽刺。在盛唐一片歌颂武功的慷慨激昂声中，这是别具一格的作品、表现了诗人独特的识见。

2　交河：见杨素《出塞》注7。

3　行人：征人，从军远征的战士。刁斗：古代军中的炊具。

详见《木兰诗》注 13。

4　公主琵琶：据《汉书 · 西域传》记载，汉武帝时为同西域少数民族和亲，封江都王刘建的女儿细君为公主，出嫁乌孙国王。又传说公主出嫁乌孙时，令琵琶马上作乐，以慰其道路之思。故此处称公主琵琶。如果说诗开头二句是战士生活单纯记录的话，第三、四句已带有感情色彩，“怨”字点出主题，后面步步深入。

5　玉门犹被遮：典出《史记 · 大宛传》，言汉武帝时曾拜李广利为贰师将军，征讨大宛，士兵因饥饿攻战不利，请求罢兵，武帝闻之大怒，派使者遮住玉门关，下令“军有敢入者辄斩之”。轻车：轻车将军的省称。这里借古讽今，说皇帝仍遮住玉门关，不准休战，只能拼着性命跟随轻车将军继续厮杀。

6　荒外：八荒之外。详见阮籍《咏怀》注 2。此处指边远之地。空见：只看见。蒲桃：现写作“葡萄”。据《汉书 · 西域传》记载，汉时葡萄由西域传入中土。结尾说每年牺牲无数将士，换来的只是葡萄种子进献汉家天子罢了。

陇西行[1]

［唐］

王　维

十里一走马，五里一扬鞭[2]。

都护军书至，匈奴围酒泉[3]。

关山正飞雪，烽戍断无烟[4]。

注释

1　陇西：郡名，秦时设置，在今甘肃省临洮县。陇西行：乐府旧题，属《相和歌·瑟调曲》，主要写士兵征战、闺妇怨思的题材。以田园诗闻名的王维，其边塞诗无论是数量还是质量都相当可观，这一方面固然说明王维作为唐代的大诗人，其作品内容题材相当广泛，然而更重要的是说明了开拓疆土、保卫边塞、立功沙场的思想，是盛唐时代的最强音。这首《陇西行》描写了边防飞马报警的情形，全诗简洁明快，一气呵成，充溢着紧张的战斗气氛。

2　走：跑。此二句形容递送军书的驿马急驰的情形，是说一扬鞭、一跃马就跑出五里、十里。

3　都护：官名，唐朝自太宗时始在边境地区设置六个都护府，其长官称为大都护，负责管理辖地的边防、行政等各类事务。酒泉：郡名，在今甘肃省酒泉市东北。

4　关山：边塞关隘和群山。烽戍：指烽火台和守望烽火的边防警哨。最后两句是说由于大雪阻碍了烽烟，所以才飞马报警。

| 延伸阅读 |

古代著名战役之昆阳之战

昆战之战，屠百万于斯须，旷千古而一快。想寻邑之来陈，兀若驱云而拥海，猛夫扶辕以蒙茸，虎豹杂沓而横溃；罄天下于一战，谓此举之不再。方其乞降而未获，固以变色而惊悔；忽千骑之突出，犯初锋于未艾。始凭轼而大笑，旋弃鼓而投械，纷纷籍籍，死于沟壑者不知几何。人或金章而玉佩，彼狂童之僭窃，盖已旋踵而将败，岂豪杰之能得？尽市井之无赖。

——苏轼《昆阳城赋》

少年行（选二首）[1]

［唐］

王　维

一

出身仕汉羽林郎，初随骠骑战渔阳[2]。

孰知不向边庭苦，纵死犹闻侠骨香[3]。

二

一身能擘两雕弧[4]，虏骑千重只似无[5]。

偏坐金鞍调白羽[6]，纷纷射杀五单于[7]。

注释

1　少年行：乐府歌曲名，属《杂曲歌辞》，本出于《结客少年场行》，《乐府解题》道其内容："言轻生重义，慷慨以立功名也。"王维原诗四首，这里选第二、三两首，前一首写少年重义尚侠，不惜献身边塞的高贵精神；后一首刻画了一个艺高胆大、英勇杀敌的少年英雄形象。

2　出身：指做官。古时认为做官是委身于君，故有“出身”之说。羽林郎：汉代设置羽林军，作为皇帝的侍卫军，羽林郎是羽林军的军官，此处以汉喻唐。骠骑（piào jì）：骠骑将军，《史记》载汉朝大将霍去病曾任此职。渔阳：古时郡名，故址在今天津市蓟板一带，是唐时东北部边疆。

3　孰知：犹言“孰不知”。边庭：边疆。此二句说谁不知道戍边的艰苦，但纵然战死也可以使侠名远播，流芳百世。结句语出晋张华《博陵王宫侠曲》：“生从命子游，死闻侠骨香。”

4　擘（bò）：拉开。弧：木弓；雕弧，雕花的弓。言其力大，可以同时拉开两张弓。

5　虏骑：敌人骑兵。此句言敌人虽有千军万马，但在少年眼中却如无人之境，对敌人极其蔑视。

6　偏坐：侧坐。白羽：白羽箭，因箭杆尾端缀有白色羽毛，故名。调白羽，调理好弓箭的射程。此句写少年骑术、箭术之精。如果说前句写少年的豪迈，此句则写其潇洒。

7　五单（chán）于：据《汉书·匈奴传》所载，汉宣帝时，单于内部发生叛乱，分裂为呼韩邪单于、屠耆（qí）单于、呼揭单于、车犁单于、乌藉单于。这里泛指敌军众首领。

使至塞上[1]

［唐］

王 维

单车欲问边，属国过居延[2]。

征蓬出汉塞[3]，归雁入胡天。

大漠孤烟直，长河落日圆[4]。

萧关逢候骑，都护在燕然[5]。

注释

1 使：出使。此诗作于开元二十五年（737），时河西节度副使崔希逸大胜吐蕃，王维奉玄宗之命，以监察御史的身份出塞宣慰，诗记其赴河西节度府凉州途中所见，其中对塞外奇丽风光的描写，贴切、形象、真实、自然，一向为后人所称道。

2 单车：轻车。问：慰问。边：边塞。属国：附属国。《汉书·卫青传》颜师古注："不改其本国之俗，而属于汉，故号属国。"居延：《后汉书·郡国志》记：凉州有居延属国，汉末时已设为县，在今甘肃省张掖市西北。开头二句说自己轻车慰问边塞将士，路过汉时的属国居延。

3　征蓬：飘飞的蓬草。蓬是一种多年生草本植物，秋天干枯，随风而飞，故又称飞蓬。此句也暗寓自己生活漂泊不定，有如飞蓬。

4　孤烟：指烽火与燧烟。直：据唐段成式《酉阳杂俎》记载，用狼粪烧的燧烟，其浓烟聚集直上，微风吹之不斜。长河：黄河。这二句概括边塞风光，最负盛名。《红楼梦》作者曹雪芹在第四十八回借香菱之口称赞说："想来烟如何直？日自然是圆的。这'直'字似无理，'圆'字似太俗。合上书一想，倒像是见了这景的。若说再找两个字换这两个，竟再找不出两个字来。"极力推崇立意之奇。近代大学者王国维先生在《人间词话》中称为"千古壮观"，是当之无愧的。

5　萧关：地名，在今宁夏回族自治区固原市东南。候骑（jì）：骑马的侦察兵。都护：见王维《陇西行》注3。燕然：见陈子昂《送魏大从军》注5。

出塞作[1]

［唐］

王　维

居延城外猎天骄[2]，白草连天野火烧[3]。

暮云空碛时驱马[4]，秋日平原好射雕。

护羌校尉朝乘障，破虏将军夜渡辽[5]。

玉靶角弓珠勒马，汉家将赐霍嫖姚[6]。

注释

1　本篇原注："时为御史监察，塞上作。"详见王维《使至塞上》注 1。全诗借汉朝同匈奴的战斗，反映唐朝边境战争。

2　居延：见《使至塞上》注 2。天骄：天之骄子，指匈奴。《汉书·匈奴传》有"胡者，天之骄子也"之句。

3　白草：西北边境一种草名，秋后变白。野火：指猎火。古代匈奴等游牧民族常以狩猎为名进行大规模的军事行动，所以此处也含有战火的意思。

4　空碛（qì）：空旷的沙漠。

5　护羌校尉：汉代武官名，武帝时设置，命其"持节以护西羌”，故名之。乘：登。障：障堡，要塞，汉代曾在居延修筑要塞，以阻断匈奴进路，又称遮虏障。破虏将军：汉代武官名。辽：辽河，在今辽宁省，这里泛指边塞河流。此二句写边塞守军紧张守卫的情形。

6　玉靶：以玉装饰剑柄的剑。角弓：以兽角装饰的弓。珠勒马：戴着珠勒口的骏马。霍嫖姚（piāo yáo）：汉武帝时霍去病曾为嫖姚校尉，多次带兵征讨匈奴。此处代指当时的边塞将领。结尾两句是说朝廷要把宝剑、良弓、骏马赐给立功的将帅。

| 延伸阅读 |

古代著名战役之官渡之战

言曹公与袁绍战，破之于官渡也。曰："克绍官渡，由白马。僵尸流血，被原野。贼众如犬羊，王师尚寡。沙醵傍，风飞扬。转战不利，士卒伤。今日不胜，后何望！土山地道，不可当。卒胜大捷，震冀方。屠城破邑，神武遂章。"

——缪袭《克官渡》

子夜吴歌（选一首）[1]

［唐］

李 白

长安一片月，万户捣衣声[2]。

秋风吹不尽，总是玉关情[3]。

何日平胡虏，良人罢远征[4]。

注释

1 子夜吴歌：又作《子夜四时歌》，乐府旧题，属《清商曲·吴声歌曲》。李白此题按四时分别歌之，此为秋歌，写闺妇思念远戍边塞、守卫疆土的亲人。

2 捣衣：古代秋季天气变冷，妇女将衣料放在砧（zhēn）石上，捶打加工制衣御寒。

3 玉关情：指思念玉门关外征人之情。

4 平：平定。良人：古时女子对丈夫的称呼。最后两句希望之中带有淡淡的哀怨、深深的感慨，读之令人潸然泪下。

永王东巡歌（选一首）[1]

［唐］

李白

试借君王玉马鞭[2]，指挥戎虏坐琼筵[3]。

南风一扫胡尘静[4]，西入长安到日边[5]。

注释

1　永王：唐玄宗第十六子李璘，他开元十三年（725）被封为永王。永王东巡：天宝十四年（755）安禄山叛乱后，玄宗逃往四川。第二年，玄宗以李璘为山南东路等四道节度采访使，兼江陵郡大都督，李璘以平乱为号召，募兵数万。玄宗退位后，十二月李璘不待已即位的肃宗的号令，率军沿长江东下，并请在庐山隐居的李白为幕僚。李白也欲借此机会施展其才能，欣然应允，随师东下。《永王东巡歌》即作于此时，共十一首，这是第十一首。诗中表现了欲平定叛乱、展其抱负的雄心。

2　君王：指永王李璘。玉马鞭：玉饰的马鞭，这是喻指权柄。

3　戎虏：同胡虏，指安史叛军。指挥戎虏：是说可以控制、驱使敌人。坐琼筵：坐在豪华的筵席上。全句是说自己坐在豪华的筵席上就可以从容不迫，克敌制胜。极自信，表现了大诗人李白的浪漫气质，同题的另一首诗中“为君谈笑静胡沙”亦与此句豪情相同。

4　南风：喻指李璘的军队，因在江南，故以“南风”作比。

5　日边：皇帝身边，古常以“日”代指皇帝。

| 延伸阅读 |

古代著名战役之赤壁之战

曹操北伐，拔柳城。乘胜席卷，遂南征。刘氏不睦，八郡震惊。众既降，操屠荆。舟车十万，扬风声。议者狐疑，虑无成。赖我大皇，发圣明。虎臣雄烈，周与程。破操乌林，显章功名。

——韦昭《伐乌林》

塞下曲（选一首）[1]

［唐］

李白

五月天山雪，无花只有寒[2]。

笛中闻折柳，春色未曾看[3]。

晓战随金鼓，宵眠抱玉鞍[4]。

愿将腰下剑，直为斩楼兰[5]。

注释

1　塞下曲：唐代乐府曲名，源于汉代的《出塞》《入塞》等曲，内容仍反映边塞征戍生活。李白本题原作六首，这里选第一首。诗中描写了边塞生活的艰苦，并借此表现了战士们不畏艰苦、奋勇杀敌的雄心壮志。

2　天山：即今新疆维吾尔自治区境内天山，其顶峰常年积雪。起句说虽已五月，但天山却没有花，只有皑皑白雪，透着一片寒气。诗一开始就为读者设置了一个艰苦、寒冷的环境，为下文表现战士艰苦作了铺垫。

3　折柳：《折杨柳曲》，详见王之涣《凉州词》注3。两句说虽然笛声吹奏的是春意盎然的《折扬柳曲》，但实际上这里却看不到春天。

4　金鼓：用金或铜装饰的战鼓。玉鞍：用玉装饰的马鞍。二句写战斗生活的紧张、激烈。

5　楼兰：古西域国名。详见王昌龄《从军行》注 3。结尾两句写战士的心愿，激昂慷慨，充满乐观精神和必胜信念。

| 延伸阅读 |

古代著名战役之淝水之战

坚与苻融登城而望王师，见部阵齐整，将士精锐。又北望八公山上草木，皆类人形，顾谓融曰："此亦勍敌也！何谓少乎？"怃然有惧色。

——《晋书·卷一一四·苻坚载记下》

蓟　门（选一首）[1]

［唐］

高　适

茫茫长城外，日没更烟尘[2]。

胡骑虽凭陵[3]，汉兵不顾身。

古树满空塞，黄云愁杀人[4]。

注释

1　蓟门：即蓟丘。详见祖咏《望蓟门》注 1。高适这组诗共五首，这是第五首。诗中描绘边塞战争的一个侧面，阴云密布，战尘弥漫，敌军借势进攻，汉军奋不顾身，拼死守卫。全诗悲壮沉郁，富有感染力。

2　茫茫：昏暗不明。日没（mò）：日落。烟尘：风烟战尘。这二句是说太阳落山后的长城以外，烽烟战尘就越发显得厚重弥漫，茫茫一片。

3　凭陵：仗势侵凌，进逼。陵，通“凌”。

4　结尾二句情景交融，将战场上气氛渲染得淋漓尽致。

燕歌行[1]

[唐]

高　适

开元二十六年，客有从御史大夫张公出塞而还者，作《燕歌行》以示，适感征戍之事，因而和焉[2]。

汉家烟尘在东北[3]，汉将辞家破残贼[4]。

男儿本自重横行[5]，天子非常赐颜色[6]。

摐金伐鼓下榆关，旌旆逶迤碣石间[7]。

校尉羽书飞瀚海，单于猎火照狼山[8]。

山川萧条极边土[9]，胡骑凭陵杂风雨[10]。

战士军前半死生，美人帐下犹歌舞[11]。

大漠穷秋塞草腓[12]，孤城落日斗兵稀[13]。

身当恩遇常轻敌，力尽关山未解围[14]。

铁衣远戍辛勤久，玉筯应啼别离后[15]。

少妇城南欲断肠，征人蓟北空回首[16]。

边庭飘摇那可度，绝域苍茫无所有[17]。

杀气三时作阵云，寒声一夜传刁斗[18]。

相看白刃血纷纷，死节从来岂顾勋[19]？

君不见沙场征战苦，至今犹忆李将军[20]。

注释

1　燕歌行：乐府古题，属《相和歌·平调曲》，《乐府广题》说："燕，地名也，言良人从役于燕，而为此曲。"内容原本多写思妇怀念征人，这首《燕歌行》则远远扩大了这一思想内容，是高适边塞诗中思想性和艺术性很高的一首。

2　张公：指张守珪，官拜辅国大将军，右羽林大将军兼御史大夫，曾带兵抗击契丹。开元二十六年（738）其部将赵堪等假借其命，出击契丹余部，后大败，张守珪非但不据实上报，反而贿赂公使，隐瞒实情，谎报军功，后事败被贬为括州刺史。高适知其事真相，因而诗中含讽刺之意。和（hè）：作诗和别人诗作。

3　汉家：汉朝，借汉喻唐。烟尘：烽烟战尘，指契丹进犯。

4　残贼：凶恶的敌人。

5　横行：驰骋敌军之中，无人能够抵挡。语出《史记》，樊哙有"横行匈奴中"之语。

6　赐颜色：赐予特殊的荣耀。据《新唐书·张守珪传》载，张于开元二十三年败契丹后，入见天子，皇帝赋诗宠之，赐金彩，并诏令立碑记其功。

7　摐（chuāng）：撞击。伐：击。下：出。榆关：即今山海关，是连接东北的咽喉要道。旌：古时用五色羽毛装饰的旗子。旆（pèi）：原义是旗边的装饰品，后泛指旗。逶迤（wēi yǐ）：弯弯曲曲而连绵不绝的样子。碣石：山名，唐时为营州所辖，即今河北省昌黎县西北的碣石山。此二句写军队出发，极力渲染其声势，为下文作铺垫。

8　校尉：武将官名，位置次于将军。羽书：紧急军事文书，详见鲍照《代出自蓟北门行》注2。瀚海：大戈壁，大沙漠。单（chán）于：匈奴首领的通称。猎火：战火，详见王维《塞上作》注3。狼山：山名，在内蒙古自治区境内。狼山代表两军交战处。此二句是说军事紧急，敌人大举进犯。

9　萧条：荒凉。极：尽。

10　凭陵：侵凌、进逼。陵，通“凌”。杂：聚集。此句说敌人的进攻来势凶猛，有如狂风暴雨。

11　“战士”二句：一方面死伤严重，一方面欢歌曼舞、用鲜明的对比道出将士间的悬殊差别，给人以强烈的印象。

12　穷秋：深秋。腓（féi）：草变黄枯。隋虞世基《陇头吟》有“穷秋塞草腓”之句。

13　斗兵稀：激烈的战斗使士兵伤亡很多，战斗力减弱。

14　这两句讽刺、谴责将官身当重任却骄横轻敌、指挥不当，导致失败。

15　铁衣：铁甲。玉箸（zhù）：原意指玉制的筷子，后常比喻妇女的眼泪。南朝梁刘孝威《独不见》诗：“谁怜双玉箸，流面复流襟。”

16　少妇：泛指征人之妻。蓟北：蓟州以北，泛指东北。此二句一写征夫，一写思妇；一个在战场，一个在家乡，错落有致，写尽相思之情。

17　边庭：边地。飘摇：指狂风迅猛，摇荡不定。度：越。绝域：边远、偏僻之地，指边塞。此二句写尽边地的荒凉景色。

18　三时：早、午、晚，实指一天。阵云：战云。这二句写白天杀声震天，战云浓重；夜晚也是警声不断，充满紧张气氛。

19　死节：为坚持卫国的节操而死。勋：功勋。此二句写战士只想誓死为国，不计较个人的功勋，再一次和前面将军的享乐形成对比。

20　李将军：指汉代名将李广。他不但英勇、有飞将军之称，而且平时同士卒同甘共苦，战时身先士卒。《史记》记其“士卒不尽饮则不近水；不尽食则不尝食。”参见王昌龄《出塞》注4。诗以士卒对李广的怀念作结，讽意更深。

塞下曲[1]

[唐]

高适

结束浮云骏，翩翩出从戎[2]。

且凭天子怒，复倚将军雄[3]。

万鼓雷殷地，千旗火生风[4]。

日轮驻霜戈，月魄勒雕弓[5]。

青海阵云匝，黑山兵气冲[6]。

战酣太白高[7]，战罢旄头空[8]。

万里不惜死，一朝得成功[9]。

画图麒麟阁[10]，入朝明光宫[11]。

大笑向文士，一经何足穷[12]！

古人昧此道，往往成老翁[13]。

注释

1　塞下曲：乐府诗题。详见李白《塞下曲》注 1。高适此诗大约作于天宝十一年（752）至十四年（755）之间，当时他在哥舒翰幕府任职，是较得意之时，故诗风明快，表现了作者希图立功边塞的愿望。

2　结束：装束，整理。浮云：良马名。《西京杂记》记汉文帝自代还，有良马九匹，一名浮云。翩翩：轻捷的样子。这二句言备好俊骏马，随军出发。

3　凭：凭借。天子怒：皇帝兴兵动武的威怒。语出《诗经·大雅·常武》："王奋厥武，如震如怒。"

4　殷：雷声。《诗经·召南》有《殷其雷》一诗。这二句意为进军的战鼓像雷声一样惊天动地；挥舞的军旗红如烈火，在风中猎猎燃烧。描写军队的气势，洋溢着必胜的信念。

5　日轮：太阳，古人因太阳外形像轮子一样，且运行不息，故言之。庾信《镜赋》中有"天河渐没，日轮将起"之句。驻：驻扎，形容日光射在武器之上。月魄：指月亮。汉魏伯阳《参同契》中有"阳神日魂，阴神月魄"之语。勒：控制。此处指月光时时照在弓上，如同制约它一样。雕：刻画。雕弓，刻花之弓。此二句明写武器，实写执兵器的军队，有肃杀庄严之气。

6　青海：即今青海湖。在青海省东部，当时和吐蕃相交接。阵云：战云。匝（zā）：周，围。此是环绕的意思。黑山：又名杀虎山，在内蒙古自治区呼和浩特市东南，唐时属定襄郡，是北方边塞。此二句意为青海湖畔战云密布，黑山上空，兵气冲天。

7　战酣：战斗激烈、白热化之时。太白：星名，又称金星，古人认为此星司兵。据《史记·天官书》所言，大战而太白星高，乃是一种吉兆。

8　战罢：战斗结束。旄（máo）头：星名，又作髦头，即昴星，西方白虎七星之中星，《史记·天官书》言其为胡星。旄头空：指胡人被打败。

9　一朝（zhāo）：一旦、一日之意。

10　麒麟阁：汉代阁名，在未央宫内，高祖时萧何所造。汉宣帝甘露三年（前51），曾将功臣霍光、苏武等十一人像画于阁上，借以彰显。此句和下句借汉事喻唐，表示建立功业后得到朝廷的奖赏。

11　入朝（cháo）：入宫晋见皇帝。明光宫：汉宫名，武帝所建，有两处，一在北宫，一在甘泉宫，此处泛指皇帝住所。

12　向：面向、对着。经：汉代把《向易》《诗经》《尚书》《春秋》《礼记》定为儒家的五种经典，并各立博士以解释经书。穷：穷究。古代儒生往往一生湮浸于一种经书之中，此处借嘲笑一般文士而显示自己保家卫国的崇高志向和作为，这种思想和唐朝开拓边疆的气象相关联。王维《送赵都督赴代州得青字》中“岂学书生辈，窗前老一经”之句，亦同此处。

13　昧（mèi）：原义昏暗，这里是不懂、不明的意思。此道：指上面所言穷经无用的道理。二句是说古代的秀才们一直到老也不明白这个道理。

塞上听吹笛[1]

［唐］

高 适

雪净胡天牧马还，月明羌笛戍楼间[2]。

借问梅花何处落，风吹一夜满关山[3]。

注释

1 此诗题一作《和王七度玉门关上吹笛》，一作《塞上闻笛》，文字有差异，这里从《高常侍集》。此诗描写战争间歇之时，雪消天净、明月当空，月下战士借笛抒情的情景；在金戈铁马的战斗之后，这种宁静、舒适的气氛，更容易引起人们对和平的向往和追求，是边塞诗中别具一格的佳作。

2 牧马还：指敌人的骑兵被击退。羌笛：见王之涣《凉州词》注 3。二句写雪后的边塞，敌骑被击退，赢得暂时的宁静，明月之下，战士们思乡的笛声在空中随风飘荡，被吹到每一座戍楼。

3 梅花：《梅花落》曲的简称，见于乐府《横吹曲》。这里把“梅花落”拆开，使之具有双关的含意，由曲子联想到梅花，好像梅花也随风飘落在边塞山川，想象奇特，情趣横生。

塞下曲（选一首）[1]

［唐］

常建

玉帛朝回望帝乡，乌孙归去不称王[2]。

天涯静处无征战，兵气销为日月光[3]。

注释

1 塞下曲：见李白《塞下曲》注1。此题原诗四首，这里选第一首。全诗虽以《塞下曲》为题，却表现了希望和平的美好愿望。

2 帛（bó）：丝织品的总称。朝（cháo）：朝拜。乌孙：汉代西域国名。汉武帝时，张骞出使西域，和乌孙结好，互赠礼物，乌孙愿意向汉称臣。后武帝又使江都王女刘细君出嫁乌孙国王，关系更为密切。此二句借汉喻唐，表现作者希望唐朝对少数民族恩威并施，减少战争。意思是说：乌孙朝汉后带着金玉丝帛归去，对汉王朝怀有敬畏之情，取消王号，对汉称臣。

3 “天涯”二句：边塞遥远之地也处处平静、安乐，没有战争，战争的气氛都消融在日月的光明之中。

后出塞（选二首）[1]

[唐]

杜　甫

一

男儿生世间，及壮当封侯[2]。

战伐有功业，焉能守旧丘[3]？

召募赴蓟门[4]，军动不可留。

千金买马鞭，百金装刀头。

闾里送我行[5]，亲戚拥道周[6]。

斑白居上列[7]，酒酣进庶羞[8]。

少年别有赠，含笑看吴钩[9]。

二

朝进东门营[10]，暮上河阳桥[11]。

落日照大旗，马鸣风萧萧[12]。

平沙列万幕，部伍各见招[13]。

中天悬明月，令严夜寂寥[14]。

悲笳数声动，壮士惨不骄[15]。

借问大将谁，恐是霍嫖姚[16]。

注释

1　杜甫的《后出塞》组诗共五首，作于天宝十四年（755），写法上基本和他的《前出塞》组诗相同，借士兵自述的口吻反映从军生活。从整个组诗的倾向看，语含讽刺，对安禄山扩充兵力、阴谋叛乱的行动有所揭露。此选第一、第二两首。第一首写征夫出发时的情形，是其中调子比较激昂的一篇。

2　及壮：到了壮年。古人以三十岁为壮。此句是说男子活在世上，三十岁就该立功封侯。

3　旧丘：指家乡。

4　召募：军队征召新兵。

5　闾：古代以二十五家为一闾。闾里就是邻里的意思。此处代指乡里的父老。

6　道周：道路旁边。

7　斑白：指头发斑白的老者。上列：受人尊敬的席位。

8　庶羞：各种美味。庶，众多。羞，同“馐”，美味佳肴。

9　吴钩：兵器名，似剑而曲。《吴越春秋》说吴王阖闾曾令人造之。同吴戈一样，是锋利兵器的代称。此句说少年朋友赠给他宝刀。

10　东门营：唐时洛阳有上东门，是当时集结出征部队的军营所在，故称东门营。

11　河阳桥：桥名，唐时河阳县（今河南孟津）一段黄河上的浮桥，相传为晋时杜预所建。二句写入伍的地点和行军的路途。“朝”“暮”二字点出军情紧急。

12　萧萧：风声。此二句化用《诗经·小雅·车攻》“萧萧马鸣，悠悠旆旌”的诗句，描写边塞行军场面。

13　平沙：平坦广阔的沙滩。万幕：指众多的军营帐幕。部伍：部曲行伍。各见招：是说士兵们被召回各自的军营帐幕。此写傍晚军营中将士集合归队的情形。

14　寂寥：空阔而寂静。此写军队纪律严明。

15　笳：乐器名，即胡笳，流行于西域一带的一种管乐器。传说张骞出使西域时带回，声音悲凉。惨不骄：是说战士们闻军令后，惨然不乐，不敢放纵自己的感情。

16　大将：指统军的主将。霍嫖姚：指霍去病。详见王维《塞上作》注6。

秦州杂诗（选一首）[1]

［唐］

杜　甫

莽莽万重山，孤城山谷间[2]。

无风云出塞，不夜月临关[3]。

属国归何晚？楼兰斩未还[4]。

烟尘独长望，衰飒正摧颜[5]。

注释

1　秦州：地名，唐时属陇右道所辖，即今甘肃省天水市。杜甫这组杂诗共有二十首，作于乾元二年（759）秋天。这一年由于政治上的失望、仕途的失意，他弃官携家西行，流寓秦州，耳目所感，形之于诗。此诗原列第七，借描写秦州的山川地理来抒发对国事的感慨和对边患的忧虑。

2　莽莽：本指草木繁密的样子。这里用来形容群山高耸、联绵不断。山：指陇山山脉。孤城：指秦州城。开头两句点出秦州地理位置、山川形势。

3　关：指陇关，亦名大震关。在陇山脚下。此二句是说虽然无风，但天空中的云彩仍会飘出塞外；不到深夜，月亮就已照在陇关之上。前句写与吐蕃接壤，后句言地势险要。

4　属国：指苏武。他从匈奴归国后，官拜典属国。事见杨素《出塞》注 2。楼兰：古国名，详见王昌龄《从军行》（“青海长云暗雪山”）注 3。此二句意思是说使者还未归还，边乱还未平定。

5　烟尘：烽烟战尘，指吐蕃的侵扰。衰飒：萧条荒凉的景色。摧：摧折。颜：容颜。

| 延伸阅读 |

古代著名战役之唐灭东突厥之战

勣时与定襄道大总管李靖军会，相与议曰：“颉利虽败，人众尚多，若走渡碛，保于九姓，道遥阻深，追则难及。今诏使唐俭至彼，其必弛备，我等随后袭之，此不战而平贼矣。”靖扼腕喜曰：“公之此言，乃韩信灭田横之策也。”

——《旧唐书》

武威送刘判官赴碛西行[1]

[唐]

岑参

火山五月行人少，看君马去疾如鸟[2]。

都护行营太白西，角声一动胡天晓[3]。

注释

1　盛唐边塞诗人中，以岑参最负盛名，由于他几次亲临边塞，有扎实、深厚的生活基础，使他的诗思想内容丰富深刻，对边塞生活的各个方面均有表现；从艺术上讲，他对边塞风光的描写非常传神，想象奇特，比喻精当，诗风慷慨激昂，酣畅淋漓，一向被人所称道。武威：唐代郡名，武威郡即凉州，治所在今甘肃省武威市。刘判官：指刘单，天宝初进士。高仙芝任安西节度使时，刘单为其手下判官。碛（qì）西：指安西。唐贞观十四年（641）置安西都护府，在交河城，属陇右道，治所在今新疆维吾尔自治区轮台县西。这是一首送别诗，大约作于天宝十年（751）。

2　火山：又称火焰山，在今新疆维吾尔自治区吐鲁番境内，其山是由红色砂岩构成，观之如火，加上此地气候炎烈异常，故名之。此二句诗在平常的叙述中，不露声色地高度赞扬了刘判官。一方面是天气酷热，行人不敢走动；一方面是为国出征，飞马前行。一动一静，形成鲜明的对比。

3　都护：指安西都护高仙芝。行营：出征的军营，此句中指高仙芝军驻地。太白：太白金星，又名长庚星，古代以其为西方的神星。角：古时军中乐器，用来传达信息、指挥军队。此二句语义双关，一方面想象刘判官所去军营的生活，伴随嘹亮的号角声，天光渐渐明亮；另一面暗指大军一到，敌军被消灭，赢得一片光明。

| 延伸阅读 |

兵家至圣——孙武

于是阖庐知孙子能用兵，卒以为将。西破强楚，
入郢，北威齐晋，显名诸侯，孙子与有力焉。
世俗所称师旅，皆道孙子十三篇，吴起兵法，
世多有，故弗论，论其行事所施设者。

——《史记》

送人赴安西[1]

［唐］

岑参

上马带胡钩[2]，翩翩度陇头[3]。

小来思报国，不是爱封侯[4]。

万里乡为梦，三边月作愁[5]。

早须清黠虏，无事莫经秋[6]。

注释

1　安西：方镇名，唐初时为防突厥曾于此设安西都护府，治所在今新疆维吾尔自治区吐鲁番东南。这是一首送友人从军之诗，赞颂友人为国戍边不求封侯的精神。

2　胡钩：泛指宝剑，参见杜甫诗《后出塞》注 9。

3　翩翩（piān）：形容纵马驰骋时迅捷、轻灵的形态。陇头：陇山头，陇山即今甘肃境内的六盘山。唐时是关中赴西域的必经之路。

4　小来：从小自幼。侯：古时爵位名，按《礼记・王制》所载爵位为五等，即公、侯、伯、子、男，侯为第二等。封侯，泛指立功获得官爵。此二句赞扬友人从军不过是实现了多年来的报国愿望，而不是为了获取官爵，境界很高，可与王昌龄《少年行》中“气高轻赴难，谁顾燕山铭”相媲美。

5　三边：本指幽、并、凉三州，后泛指边疆，此处代指凉州以西的边塞。这二句说身虽在万里边塞，梦中却常常回到家乡；三边的明月，更引起无限的愁思。

6　清：肃清，消灭。黠虏：狡黠的敌人。经秋：经年，即一年。结尾勉励征人尽快消灭敌人，早日凯旋回乡。

| 延伸阅读 |

兵家亚圣——吴起

吴子忍人，怒诛笑谤。母死不归，杀妻求将。

曾子薄之，鲁君疑放。然而用兵，穰苴不让。

甘苦与同，士卒乐仗。守魏西河，秦畏东向。

在德一言，圣贤度量。魏人忌之，去为楚相。

北并南平，功在人上。惜犯贵宗，终令身丧。

——《广名将传》

走马川行奉送封大夫出师西征[1]

[唐]

岑参

君不见走马川雪海边[2]，

平沙莽莽黄入天[3]。

轮台九月风夜吼[4]，一川碎石大如斗，

随风满地石乱走[5]。

匈奴草黄马正肥[6]，金山西见烟尘飞[7]，

汉家大将西出师[8]。

将军金甲夜不脱[9]，半夜军行戈相拨[10]，

风头如刀面如割[11]。

马毛带雪汗气蒸，五花连钱旋作冰[12]，

幕中草檄砚水凝[13]。

虏骑闻之应胆慑[14]，料知短兵不敢接，

车师西门伫献捷[15]。

注释

1 走马川：河名，又名且（jū）末河、左末河，均为音译，是指今新疆维吾尔自治区的车尔臣河。行：歌行。封大夫：指封常清，他在天宝十三年（754）时任御史大夫、北庭都护使等职，时岑参在其幕下为判官。西征：不详，研究者大都认为是指征播仙事件（岑参另有《献封大夫破播仙凯歌六章》诗）。这是岑参最有名的一首诗，通过对边塞风光、军队行军场面的描写，歌颂了战士们为国不辞辛劳的昂扬斗志，显示了必胜的信念。全诗音节急促、浏亮，比喻奇特，形象性强，做到了情景交融，有很强的感染力。

2 雪海：地名，在天山主峰西，属安西都护府。《新唐书·西域传》说此地“常年雨雪”。

3 此句指黄沙漫漫，万里无际，和远天相连。三句为一韵，起笔从黄沙入手描写景物，苍茫阔大。

4 轮台：地名，唐时属北庭都护府之庭州，在今新疆维吾尔自治区库车县东。封常清驻军于此。

5 以上三句写风吹石动之景色，气势磅礴，惊心动魄，一“走”字境界全出。

6 匈奴：此处代指播仙部族。古代游牧民族常常在秋高马肥时兴兵入侵。

7 金山：山名，即今新疆维吾尔自治区的阿尔泰山，因产金，故称金山。这里是泛指西北边塞。烟尘：烽烟战尘，烟尘飞是说激烈的战斗已经开始。

8 汉家大将：指封常清。以上三句转为叙事，写出师的缘由。

9　金甲：铠甲。

10　戈：兵器名，详见《诗经·无衣》注3。相拨：互相碰撞。

11　风头如刀：形容寒风凛冽刺人。以上三句写军情紧急，部队顶着刺骨的寒风，昼夜兼程不息。

12　五花：马身上的毛色呈现的花纹。杜甫《高都护骢马行》一诗有“五花散作云满身”之句。连钱：指马身上的斑纹有深有浅，形状如金钱。此二句说战马急驰，汗气升腾，雪落在身上被融化，又因寒冷很快变成冰。

13　草檄（xí）：起草声讨敌人的檄文。以上三句极力描写天之寒冷。

14　虏骑（jì）：指播仙族的骑兵。慑（shè）：恐惧，害怕。

15　车师：汉时西域国名，唐时为安西都护府所在地，在今新疆维吾尔自治区吐鲁番市附近，此处用汉时名称。伫（zhù）：久立，此处是等待的意思。献捷：古时战争胜利后进献俘虏和战利品。最后三句写对西征军队的良好祝愿和希望。

灭胡曲[1]

[唐]

岑参

都护新灭胡，士马气亦粗[2]。

萧条虏尘净，突兀天山孤[3]。

注释

1 这首绝句作于封常清受降凯旋之后。全诗纯用白描手法，凝练简明，意境阔大。

2 都护：指封常清，当时他任北庭都护府都护。士马：将士、战马。气亦粗：气势昂扬。此二句写胜利后军队喜悦、自负、得意的情形。

3 萧条：冷落，凋零。虏尘净：指敌军被消灭。突兀：高高耸立的样子。天山：山名，又称白山、折罗漫山、北山，即今新疆维吾尔自治区中部的天山。二句意为边塞上由于敌军被消灭而格外沉静，只有巍巍的天山高耸云中。以天山耸立暗喻边塞将士，意蕴深长。

白雪歌送武判官归京[1]

[唐]

岑参

北风卷地白草折[2]，胡天八月即飞雪[3]。

忽如一夜春风来，千树万树梨花开[4]。

散入珠帘湿罗幕，狐裘不暖锦衾薄[5]。

将军角弓不得控，都护铁衣冷难着[6]。

瀚海阑干百丈冰，愁云惨淡万里凝[7]。

中军置酒饮归客，胡琴琵琶与羌笛[8]。

纷纷暮雪下辕门，风掣红旗冻不翻[9]。

轮台东门送君去[10]，去时雪满天山路。

山回路转不见君，雪上空留马行处[11]。

注释

1 武判官：生平不详，是封常清的幕僚。岑参这首送别诗大约作于天宝十四年（755）。全诗以雪为线索，写雪中送别之情，想象奇特，语言形象，色彩鲜明，艺术性很高，是边塞诗的名篇，和《走马川行奉送封大夫出师西征》堪称其边塞诗的双绝。

2 白草：草名，又称席萁（qí）草、芨芨草，为西域产一种牧草，生命力强，生长于沙土荒滩中，茎秆坚韧，密集丛生，秋天一到，则干熟变为白色，为牛马所喜食。起句从风落笔，可吹折丛集的白草，极言风势之猛。

3 八月飞雪：言边塞气候的奇特。

4 “忽如”二句：写雪景，构思奇丽，前人也有从梨花喻雪者，但不如此处，和“一夜春风来”同用为佳。

5 散入：指雪被风吹，透入门帘。珠帘：用珠子穿的门帘。罗幕：绫罗制成的帷幕。狐裘（qiú）：狐皮做的大衣。锦衾（qīn）：锦缎做的被子。此二句写由于室外的大雪，使得室内也非常寒冷。

6 角弓：用兽角装饰的弓。控：拉弓。着：穿。此二句承上句，极力渲染气候苦寒。

7 瀚海：沙漠。阑干：纵横交错的样子。惨淡：阴暗。凝：凝固，此说云层厚重。此二句是对塞外雪景的整体描绘。

8 中军：古代军队分左、中、右三军，元帅自统中军。此处指元帅居住的营帐。此写置酒、奏乐、为人送行。

9 辕门：见王昌龄《从军行》（“大漠风尘日色昏”）注1。掣（chè）：吹。二句是说由于长时间的大雪，使得天气更冷，辕门旁的红旗冻得僵硬，风很难吹动。诗句从虞世基“霜旗冻不翻”化出，但更生动、形象。

10　轮台：见《走马川行奉送封大夫出师西征》注 4。

11　马行处：指雪上留下了马蹄走过的痕迹。结尾两句写人虽已去，但马迹尚在，留下无穷的思念，韵味悠长，“余音不绝”。

| 延伸阅读 |

杀神——白起

“白起料敌合变，出奇无穷，声震天下，然不能救患于应侯。”“南拔鄢郢，北摧长平，遂围邯郸，武安为率。

——《史记 · 卷七十三 · 白起王翦列传第十三》

代边将有怀[1]

[唐]

刘长卿

少年辞魏阙，白首向沙场[2]。

瘦马恋秋草，征人思故乡。

暮笳吹塞月，晓甲带胡霜[3]。

自到云中郡，于今百战强[4]。

注释

1　此诗用自述口吻写一个少年从军、白首仍战斗在沙场的老将军对家乡的思念，感情深挚，哀痛但并不悲伤，结句豪迈而激昂。

2　魏阙：古代宫门外的阙门，是悬布法令的地方，后为朝廷的代名词。此二句写少年时即奔赴边塞，到头发已白仍驰骋沙场。

3　笳：古代管乐器名。详见祖咏《望蓟门》注3。此二句具体写边塞军人生活的艰苦、孤寂。

4　云中郡：汉代郡名，在今内蒙古自治区托克托县一带。《史记·冯唐列传》记西汉文帝时，魏尚为云中太守，英勇有谋略，匈奴闻之而避。后因报功时杀敌人数和实际不符（多报三个），被判徒刑。冯唐此时在朝为官，认为处罚不当，上言文帝，文帝准其所谏，派他持节去云中赦免魏尚之罪，使其继续做云中太守，冯唐做车骑都尉。此处用此典故，自比冯唐、魏尚。

｜延伸阅读｜

国士无双——韩信

吾如淮阴，淮阴人为余言，韩信虽为布衣时，其志与众异。其母死，贫无以葬，然乃行营高敞地，令其旁可置万家。余视其母冢，良然。假令韩信学道谦让，不伐己功，不矜其能，则庶几哉，于汉家勋可以比周、召、太公之徒，后世血食矣。不务出此，而天下已集，乃谋畔逆，夷灭宗族，不亦宜乎！

——《史记·卷九十二·淮阴侯列传第三十二》

军城早秋[1]

［唐］

严　武

昨夜秋风入汉关[2]，朔云边月满西山[3]。

更催飞将追骄虏[4]，莫遣沙场匹马还[5]。

注释

1　此诗作于唐代宗广德二年（764）秋，时严武为剑南节度使，击破吐蕃军七万多人。此诗表现了他指挥若定的大将风度和必胜的信念。

2　汉关：唐代边关，此处借汉喻唐。此句秋风和下面的朔云等表面写景，实则暗含敌军进犯之意。

3　西山：山名，亦称岷山，在今四川省西部。唐时为扼制吐蕃入侵的要地。

4　飞将：飞将军李广。此处泛指军中英勇善战的将官。骄虏：指吐蕃军队。

5　“莫遣”句：意谓不要让一个敌军逃走。匹马还：典出《春秋公羊传》：“僖公三十三年，夏四月，晋人及姜戎败秦于殽……晋人与姜戎要之殽而击之，匹马只轮无反（返）者。”

送孙泼赴云中[1]

[唐]

韩翃

黄骢少年舞双戟[2]，目视傍人皆辟易[3]。

百战能夸陇上儿[4]，一身复作云中客。

寒风动地气苍茫，横吹先悲出塞长[5]。

敲石军中传夜火，斧冰河畔汲朝浆[6]。

前锋直指阴山外[7]，虏骑纷纷纷胆应碎。

匈奴破尽人看归，金印酬功如斗大[8]。

注释

1　孙泼：人名，生平事迹不详。云中：指云中郡。详见陈子昂《送魏大从军》注 4。这是一首送人从军的诗，在诗中作者想象被送之人艰苦的军旅生活和战斗胜利后立功凯旋的情形，形象生动，气势雄壮。

2　黄骢（cōng）少年：《北史・裴果传》载南北朝时勇将裴果“乘黄骢马，衣青袍，每先登陷阵，时人号为‘黄骢年少’。”

此句把孙泼和裴果相比，喻其武艺高强。

3　辟易：惊退之意。《史记·项羽本纪》记项羽曾为骑将所追，他“瞋目而斥之”，其将“人马俱惊，辟易数里”。

4　陇上儿：泛指陇上戍守的将士。陇上指陇山地区，即今陕西省陇县一带，是唐代军事重镇。这句说孙泼在陇上曾身经百战，英名远扬。

5　横吹：即横吹曲，乐府歌曲名。汉时张骞出使西域，得《摩诃兜勒》一曲，回国后乐工李延年加以改造，为新声二十八解，作为军中乐，马上奏之，后赠予边塞将士。长：久远。

6　斧：此作动词用，“用斧砍”的意思。此二句写边塞生活的苦寒，夜里敲石取火，清晨斫冰取水。

7　阴山：见杨素《出塞》注 7。

8　如斗大：像斗那样大。古代金印的大小表示官职的高低。

| 延伸阅读 |

西楚霸王——项羽

吾闻之周生曰舜目盖重瞳子，又闻项羽亦重瞳子。羽岂其苗裔邪？何兴之暴也！夫秦失其政，陈涉首难，豪杰起，相与并争，不可胜数。然羽非有尺寸乘埶，起陇亩之中，三年，遂将五诸侯灭秦，分裂天下，而封王侯，政由羽出，号为“霸王”，位虽不终，近古以来未尝有也。

——《史记·项羽本纪第七》

古　词[1]

［唐］

卫　象

鹊血雕弓湿未干[2]，䴙鹈新淬剑光寒[3]。

辽东老将鬓成雪[4]，犹向旄头夜夜看[5]。

注释

1　古词：如“古意”等诗题一样，意为古人曾歌咏过的主题，实是托意抒情。这首诗描写一个身经百战、壮心不已，时刻准备为国而战的老将形象，简洁传神。

2　鹊血：古代常以鹊血涂于弓上，使之结实美观。雕弓：刻有花纹的弓。

3　䴙鹈（pì tí）：一种水鸟，其形状似鸭而小。古代常用其油作为宝剑的防锈剂。淬（cuì）：蘸。这里指涂抹。

4　辽东：地名，唐时属河北道，即今东北辽河以东地区，唐时为边防要地。鬓成雪：指鬓发银白似雪。

5　旄（máo）头：星名，古代认为旄头星主西域胡人，如果明亮，就表示要进犯中原。结句言老将百倍警惕，时时注视边塞形势，防止敌人进犯。

塞下曲[1]

[唐]

戎昱

汉将归来虏塞空，旌旗初下玉关东[2]。

高蹄战马三千匹，落日平原秋草中[3]。

注释

1　塞下曲：见李白《塞下曲》注 1。这是一首描写边塞部队消灭敌人后得胜凯旋的诗，全诗刻画生动，洋溢着一种得意、自豪之感。

2　汉将：借汉喻唐，指唐将。虏：敌虏。初下：刚刚下来。玉关：玉门关。详见虞世南《出塞》诗注 8。

3　后二句虽为描写景物，但“高蹄战马”显示军队无敌的气势；“落日平原”又表现一种悠然自得、享受胜利喜悦的情绪，故有人称此诗为一幅秋塞凯旋图，深合诗意。

塞上曲[1]

[唐]

戴叔伦

汉家旌帜满阴山[2]，不遣胡儿匹马还[3]。

愿得此身长报国，何须生入玉门关[4]。

注释

1　塞上曲：新乐府曲名，属《乐府杂题》，写从军征战的生活。此诗格调很高。

2　旌帜：旗帜。阴山：见杨素《出塞》注 7。

3　不遣：不使。表示要全歼入侵之敌，气魄雄伟。匹马还：见严武《军城早秋》注 5。

4　玉门关：在今甘肃省敦煌市西北，是古时通往西域的交通要道。据《后汉书 · 班超传》记载，班超在西域三十多年，年老思家，上疏文帝说：“臣不敢望到酒泉郡，但愿生入玉门关。”此句反其语而用之，表示自己为国征战，不惜捐躯异域的志向，慷慨激昂。

突厥三台[1]

［唐］

韦应物

雁门山上雁初飞[2]，马邑栏中马正肥[3]。

日旰山西逢驿使[4]，殷勤南北送征衣。

注释

1　突厥三台：古乐府歌曲名，《乐府诗集》收入《杂曲歌辞》。此诗通过对驿使为前线战士送征衣情形的描写，表现了后方对前方将士的关心，在唐边塞诗中独具一格。

2　雁门山：山名，又名雁门塞，在今山西省代县西北。因两山相对，雁度其间而得名。

3　马邑（yì）：地名，唐时治所在大同军城，故址在今山西省朔州市朔城区东北。

4　旰（gàn）：晚。驿使：古时专职传递公文、物件的官差。

从军行（选一首）[1]

［唐］

皎然

韩旆拂丹霄[2]，汉军新破辽[3]。

红尘驱卤簿[4]，白羽拥嫖姚[5]。

战苦军犹乐，功高将不骄。

至今丁零塞[6]，朔吹空萧萧[7]。

注释

1　从军行：乐府旧题，详见骆宾王《从军行》注1。诗僧皎然此题诗共五首，此为第二首，诗中高度赞扬了卫国将士，对他们以苦为荣、功高不骄的品格进行歌颂。僧人本应戒杀生，但皎然则通过边塞诗来歌颂卫国战争，由此也可见唐代从军诗创作的盛况。

2　韩：不详。旆（pèi）：原意为旗边垂的装饰品，后代指旌旗。拂：抖动。丹霄：天空。汉贾谊诗中有“青青云寒，上拂丹霄”之句。

3　汉军：指唐朝的军队。唐、宋人常以汉喻唐。辽：指契丹族。

4　红尘：指飞扬的尘土。语出汉班固《西都赋》："红尘四合，烟云相连。"此处特指征尘。驱：驱驰前进。卤（lǔ）簿：帝王驾出时扈从的仪仗队，汉以后王公大臣亦有卤簿，此处指领军大将的仪仗队。此句言部队声势之大。

5　白羽：本指白羽箭，这里泛指各种兵器。拥：环卫。嫖（piāo）姚：本意是疾劲的样子。汉代霍去病曾为嫖姚校尉，抗击匈奴有功。后来"嫖姚"二字常专指霍去病。此句是把领军的大将和霍去病相比。

6　丁零：唐时州名，属月（yòu）支都督府。在今新疆维吾尔自治区吐鲁番市境内。此处泛指边塞。

7　朔：指北方。朔吹，北风。结句说边塞仍然平静无战事。

| 延伸阅读 |

龙城飞将——卫青

大将军遇士大夫以礼，与士卒有恩，众皆乐为用。骑上下山如飞，材力绝人如此，数将习兵，未易当也。及谒者曹梁使长安来，言大将军号令明，当敌勇，常为士卒先；须士卒休，乃舍；穿井得水，乃敢饮；军罢，士卒已逾河，乃度。皇太后所赐金钱，尽以赏赐。虽古名将不过也。

——《汉书·卷四十五·蒯伍江息夫传》

塞下曲（选二首）[1]

[唐]

卢纶

一

林暗草惊风[2]，将军夜引弓[3]。

平明寻白羽，没在石棱中[4]。

二

月黑雁飞高，单于夜遁逃[5]。

欲将轻骑逐，大雪满弓刀[6]。

注释

1　此诗又题《和张仆射塞下曲》，共六首，这里选二、三两首。张仆射（yè）是指张延赏，《旧唐书》有传。卢纶此诗作于其在中唐名将珲瑊（jiān）幕府中任元帅判官之时，诗中所歌颂的武艺高强、英明果断的将军，实则指珲瑊而言。这二首诗语言简洁，善于以客观环境和人物行动表现性格，有盛唐诗气象。

2　草惊风：指风吹草动，以为有猛虎欲出。“惊”字道出情势的紧张。

3　引弓：拉弓射箭。

4　平明：清早。白羽：本指箭杆上的白色羽毛，此处代指白羽箭。没：陷入。棱：棱角。此二句用李广射虎的典故，《史记·李将军列传》记李广出射猎，见草中石，以为是猛虎而射之，中石没箭头。这里借比将军的勇武。

5　单于：古时对匈奴首领的称呼。月黑而雁飞，实由于单于遁逃惊起，渲染出环境。

6　将（jiāng）：率领。轻骑（jì）：轻装的骑兵。逐：追赶。“大雪”句，极言雪下得很大。

| 延伸阅读 |

大汉飞骑——霍去病

拥旄为大将，汗马出长城。长城地势险，万里与云平。凉秋八九月，铁骑入幽并。飞狐白日晚，瀚海愁云生。羽书时断绝，刁斗昼夜惊。乘墉挥宝剑，蔽日引高旌。云屯七萃士，鱼丽六郡兵。哀笳关下听，玉笛陇头鸣。骨都先自摄，日逐次亡精。玉门罢斥堠，甲第始修营。位登万庾积，功立百行成。天长地自久，人道有亏盈。未穷激楚乐，已见高台倾。

——虞羲《咏霍将军北伐》

塞下曲（选一首）[1]

［唐］

李益

伏波惟愿裹尸还[2]，定远何须生入关[3]。

莫遣只轮归海窟[4]，仍留一箭射天山[5]。

注释

1　塞下曲：见李白《塞下曲》注1。中唐诗人中，边塞诗最有成绩的当推李益，他的诗当时就被人谱入弦管歌唱，流传很广。虽然总体上讲李益的诗还缺少盛唐诗那种激昂宏阔的气象，但其刻画的细腻、意象的新奇都别具一格，甚至超过盛唐诗人，有很强的艺术魅力。论数量，他的边塞诗可以和岑参、高适相媲美；其绝句的质量则可以和王昌龄并驾齐驱。这首《塞下曲》句句用典，但绝无生硬之感，剪裁得当，一意贯穿，表现出边将杀敌卫国的雄心壮志。

2　伏波：指汉伏波将军马援。《后汉书·马援传》记其语曰："男儿要当死于边野，以马革裹尸还葬耳，何能卧床上在儿女子手中邪！"此言边将当效仿马援，宁愿战死沙场。

3　定远：指汉定远侯班超。《后汉书·班超传》记其在西域三十多年，年老思归，上疏文帝说：“臣不敢望到酒泉郡，但愿生入玉门关。”这句是说何必要像定远侯班超那样活着回到关内呢！

4　遣：使。只轮：一只车轮。《春秋公羊传》记鲁僖公三十三年，晋国和姜戎联合，在殽（xiáo）地大秦军，使其“匹马只轮无返者”。此处用此典，言要全歼敌人。海窟：指西北沙漠深处的内陆湖，代指敌人老巢。

5　一箭定天山：据《旧唐书·薛仁贵传》记载，薛领兵抗击九姓突厥于天山，突厥大军进犯，派勇健者数十人挑战，仁贵发三箭，射杀三人，其余则下马请降，从而大获全胜，军中因此有歌曰：“将军三箭定天山，战士长歌入汉关。”此处是说要留下薛仁贵那样的勇将镇守天山，巩固边防。

| 延伸阅读 |

大唐战神——李靖

器识恢宏，风度冲邈，早申期遇，夙投忠款，

宣力运始，效绩边隅，南定荆扬，北清沙塞，

皇威远畅，功业有成。

——《旧唐书·列传第十七》

边　思[1]

［唐］

李　益

腰悬锦带佩吴钩[2]，走马曾防玉塞秋[3]。

莫笑关西将家子[4]，只将诗思入凉州[5]。

注释

1　边思：即边塞述怀。李益此诗，直抒胸臆，表现了一个英勇儒雅、文武双全的少年儒将自负、豪迈的气概。

2　锦带：有彩色花纹的丝织佩带。吴钩：宝刀。详见杜甫《后出塞》注9。南宋鲍照《代结客少年场行》中有“骢马金络头，锦带佩吴钩”之句。

3　玉塞：即指玉门关。这句说自己曾在玉门关跃马奔驰，守卫边塞。

4　关西将家子：《后汉书·虞翻传》曾记当时民间谚语说：“关西出将，关东出相。”李益是陇西人，其祖上为凉武昭王李暠，所以自称关西将家子。

5　诗思：诗中的情思。凉州：即凉州曲。详见王翰《凉州词》注1。李益边塞诗常为乐人索取，被之管弦，故有“诗思入凉州”的说法。此二句是说不要嘲笑关西将的后人，只会把诗情写入曲子。言外之意是说同样能驰骋沙场，保卫国家。

| 延伸阅读 |

赵国神将——李牧

李牧者，赵之北边良将也。常居代雁门，备匈奴。以便宜置吏，市租皆输入莫府，为士卒费。日击数牛飨士，习骑射，谨烽火，多间谍，厚遇战士。为约曰：“匈奴即入盗，急入收保，有敢捕虏者斩。”匈奴每入，烽火谨，辄入收保，不敢战。如是数岁，亦不亡失。然匈奴以李牧为怯，虽赵边兵亦以为吾将怯。

——《史记·廉颇蔺相如列传》

夜上受降城闻笛[1]

［唐］

李益

回乐烽前沙似雪[2]，受降城外月如霜[3]。

不知何处吹芦管[4]，一夜征人尽望乡[5]。

注释

1　受降城：唐代受降城有三座，分别为东、西、中三城，是武后景元年间朔方军总管张仁愿为抵抗突厥所筑。据诗中回乐烽看，此当为西受降城，在灵州，即今宁夏回族自治区灵武市。李益此诗脍炙人口，历代传诵不绝，妙在蕴藉含蓄，只描绘出一幅征人月下听笛的画面，而征人的感情则又很好地表现出来。所谓情景交融的意境，正是这种效果。

2　回乐烽：回乐县的烽火台。古地名回乐县在今宁夏回族自治区灵武市西南。沙似雪：指黄沙在清冷的月光照射下洁白如雪。

3　月如霜：是说皎皎的寒月如同蒙上一层秋霜。

4　芦管：管乐器名，出于西域。此句用“不知何处”，更显出环境的凄清。

5　“一夜”句：点出征人思家之情，犹如画龙点睛之笔，使前三句的描写都有了着落。

度破讷沙（选一首）[1]

［唐］

李 益

破讷沙头雁正飞，鸊鹈泉上战初归[2]。

平明日出东南地，满碛寒光生铁衣[3]。

注释

1 破讷沙：沙碛名，亦称普讷沙，《新唐书·地理志》记其位置在今内蒙古自治区境内杭锦后旗乌加河北岸。此诗题共二首，这是第二首，真实刻画出军队一夜激战后，清晨回营的情景。

2 鸊鹈（pī tī）：泉名，据《读史方舆纪要》载，在西受降城北三百里，传说该处有九十九口泉，以鸊鹈泉最为著名。

3 “平明”二句：写红日初升，照映战士的铁甲，清冷耀眼，好像整个沙漠上的寒光都是从战士们甲胄上发出的一样。

征西将[1]

［唐］

张　籍

黄沙北风起，半夜又翻营[2]。

战马雪中宿，探人冰上行[3]。

深山旗未展，阴碛鼓无声[4]。

几道征西将，同收碎叶城[5]。

注释

1　征西将：指收复安西的将领。张籍此诗通过对征西将领夜袭敌营，收复失地的描写，歌颂了他们的战功。诗朴实自然，多用白描手法。

2　翻营：转移营地。

3　探人：侦察兵。

4　阴碛（qì）：阴冷昏暗的沙漠。此二句是说军队在深山中、沙漠上偃旗息鼓，悄悄急行军，袭击敌人。

5　几道：几路。碎叶城：地名，唐时属安西都护府，即今新疆维吾尔自治区焉耆附近。唐高宗咸亨元年（670），吐蕃攻占安西都护府。到武则天长寿元年（692）冬天，西州都督唐休璟率领武威军总管王孝杰、左武卫大将军阿史那忠节大破吐蕃军，收复了龟兹（qiū cí）、于阗（tián）、疏勒、碎叶四镇。张籍作此诗时，四镇又被吐蕃攻占，唐朝此时已无力收回，张籍通过对以往征西将领的歌颂，表示收复归国土的强烈愿望。

| 延伸阅读 |

信平君——廉颇

廉颇者，赵之良将也。赵惠文王十六年，廉颇为赵将，伐齐，大破之，取阳晋，拜为上卿，以勇气闻于诸侯。

——《史记·廉颇蔺相如列传》

秋闺思（选一首）[1]

［唐］

张仲素

秋天一夜净无云，断续鸿声到晓闻[2]。

欲寄征衣问消息，居延城外又移军[3]。

注释

1　秋闺思：秋日深闺中征妇的相思。张仲素以写闺情诗见长，此题下共二首，这里选第二首，诗表现了闺妇秋夜里对征夫的思念，以及对战争的怨恨。

2　“秋天”二句：描写秋夜景色和思妇的感情变化，层次清晰，意境鲜明。

3　居延城：也称居延塞，在今内蒙古自治区额济纳旗东南。“欲寄”二句：言欲寄征衣而无法寄，不言怨而怨恨自生。

塞下曲（选一首）[1]

［唐］

张仲素

三戍渔阳再度辽[2]，骍弓在臂剑横腰[3]。

匈奴似若知名姓[4]，休傍阴山更射雕[5]

注释

1　塞下曲：见李白《塞下曲》注1。此题下诗共五首，这是第一首，描写一个身经百战、使敌人闻之胆寒的将军形象。

2　三：虚数，古代常以三代多。戍：军队驻守。渔阳：地名，唐属河北道蓟州郡，故址在今天津市蓟州区一带。辽：辽河，在辽宁省境内。

3　骍（xīng）：本义是指赤色马，这里是赤色的意思。骍弓，即赤弓。《诗经·小雅·角弓》中有“骍骍角弓”之句。

4　似若：假若。

5　休：停止，勿。傍：靠近。阴山：见杨素《出塞》注7。射雕：古代西方少数民族常以射猎为名入侵中原，故射雕是指敌人侵扰。意思是说如果匈奴知道是他来守边，就不敢来侵略了。

从军行[1]

［唐］

陈　羽

海畔风吹冻泥裂，枯桐叶落枝梢折[2]。

横笛闻声不见人，红旗直上天山雪[3]。

注释

1　从军行：见骆宾王《从军行》注 1。此诗通过写边塞雪地行军所见的景色，反映了边塞从军生活的寒苦，显示了战士们勇于战胜困难的雄姿。

2　海：古时塞外的水泽、湖泊皆称为海，如青海、居延海等等。这二句说冬日塞外湖泊边的寒风吹落了枯桐的树叶，吹断了树枝，把海边的沙地都冻出一条条裂缝。极力描写天山脚下的奇寒。

3　横笛：古笛名，又称横吹，用竹制成，六孔，起于西部少数民族地区，故横笛常和边塞、从军连在一起出现。直上：径直而上。表现战士们冒风踏雪前行的气势。

塞路初晴[1]

[唐]

雍陶

晚虹斜日塞天昏[2]，一半山川带雨痕[3]。

新水乱侵青草路[4]，残烟犹傍绿杨村[5]。

胡人羊马休南牧[6]，汉将旌旗在北门[7]。

行子喜闻无战伐，闲看游骑猎秋原[8]。

注释

1　此诗题又作《初晴》，是写雨后新晴的黄昏作者在边塞路上所见所感。此诗描写细腻、委婉，笔调清新，字里行间洋溢着对和平生活的向往和歌颂。

2　斜日：将落时的太阳，针对中午时太阳的正而言。昏：昏暗。

3　“一半”句：写落雨面积之大。

4　新水：刚刚落下的雨水。侵：流、淌的意思。

5　残烟：雨后的水雾。此句说雨后残留的云烟仍然弥漫在绿杨环绕的村庄周围。

6　南牧：南下侵略。贾谊《过秦论》：“胡人不敢南下而牧马”。

7　北门：指北方的大门。《旧唐书·郭子仪传》：“朔方，国之北门。”

8　行子：出门在外的游子。这两句说边塞没有战争，行人带着喜悦的心情，观赏将士们在秋日的旷野中行猎。

|延伸阅读|

武成侯——王翦

王翦为秦将，夷六国，当是时，翦为宿将，始皇师之，然不能辅秦建德，固其根本，偷合取容，以至妫身。

——《史记·白起王翦列传第十三》

边　词（选二首）[1]

［唐］

姚合

一

将军作镇古汧州[2]，水腻山春节气柔[3]。

清夜满城丝管散[4]，行人不信是边头[5]。

二

箭利弓调四镇兵[6]，蕃人不敢近东行[7]。

沿边千里浑无事[8]，唯见平安火入城[9]。

注释

1　边词：边疆之歌。《边词》诗共二首，通过对边疆安定、和平生活的描绘，赞美了边防将士坚守边疆、保卫祖国的丰功伟绩。诗平淡自然，刻画细腻，形式和内容达到完美的统一。

2　汧（qiān）州：地名，又名汧阳，故址在今陕西省千阳县。

3　腻：滑泽，形容水的细腻、平滑。柔：柔和。此句写边塞的春日，山光水色，恬静平和。

4　清夜：指宁静的夜晚，丝管：弦乐和管乐。散：四散飞扬。

5　边头：边疆。

6　弓调：使弓的强弱和箭矢的轻重相适合。《诗经·小雅·车攻》中有"弓矢既调"之语。四镇：指朔方、泾原、陇右、河东四镇，《旧唐书·陆贽传》："所当西北两蕃，亦右方、泾原、陇朔、河东节度而已。"此句写边城守军刀剑离鞘，严阵以待。

7　蕃人：此处泛指西北少数民族。

8　浑：全。

9　平安火：烽火的一种，用来报告平安，与报警烽火不同，须定时点放，炬数也较少。唐人李筌《烽式》中说："每昼夜报平安举一烽。"

少年行（选一首）[1]

［唐］

令狐楚

弓背霞明剑照霜[2]，秋风走马出咸阳[3]。

未收天子河湟地，不拟回头望故乡[4]。

注释

1　少年行：见王维《少年行》注1。此诗题共四首，这里选第三首，写少年豪杰走马从军，坚决收复国土的豪迈气概。

2　“弓背”句：说少年之雕弓鲜艳如同明亮的霞光；佩带的宝剑如清霜一样光芒照人。

3　走马：骑马奔驰。咸阳：秦时都城，故址在今陕西省。这里代指唐都城长安。

4　河湟地：黄河与湟水相交汇的河西、陇右一带，即今甘肃和青海东部地区。这一地区自安史之乱后一直被吐蕃侵占。不拟：不打算，不想。最后二句发誓不收失地，决不还乡，慷慨有豪气。

塞下曲[1]

［唐］

张祜

二十逐骠姚[2]，分兵远戍辽[3]。

雪迷经寒夜[4]，冰壮渡河朝[5]。

促放雕难下[6]，生骑马未调[7]。

小儒何足问，看取剑横腰[8]。

注释

1　此诗以简练的笔墨刻画了一个保家卫国初上边塞的年轻战士形象，表现了诗人对卫国战士的热爱和对他们的歌颂。

2　逐：追随。骠姚：本指汉骠姚将军霍去病，详见王维《塞上作》注6，此处代指当时领兵的将领。

3　戍：守卫。辽：指辽河流域。见王维《塞上作》注5。这里在唐代常常发生战事。

4　雪迷：大雪弥漫。经：经过。此句是说寒夜行军，大雪纷飞。

5　冰壮：形容冰厚实、坚固。此句是说在寒冷的清晨飞渡冰封的河流。

6　促：短促。难下：难以控制。这句是说刚刚驯服的雕还不能指挥如意。

7　生：马未被驯服称为生。此句和上句相对，是说驾驭的是尚未完全驯服的战马。上二句从侧面表现战士的强悍，和初生牛犊般的朝气。

8　何足问：不值一提的意思。看取：看着的意思。取，语助词，无实义。最后二句是说小小的儒生不值得一提，还是请看腰横宝剑驰骋边塞的勇士吧。

| 延伸阅读 |

秦朝第一大将——蒙恬

蒙恬将三十万人，威振北方，扶苏监其军，而蒙毅侍帷幄为谋臣，虽有大奸贼，敢睥睨其间哉？不幸道病，祷祠山川尚有人也，而遣蒙毅，故高、斯得成其谋。

——《苏轼集卷一百五》

雁门太守行[1]

［唐］

李 贺

黑云压城城欲摧[2]，甲光向日金鳞开[3]。

角声满天秋色里[4]，塞上燕脂凝夜紫[5]。

半卷红旗临易水[6]，霜重鼓寒声不起[7]。

报君黄金台上意[8]，提携玉龙为君死[9]。

注释

1　雁门：雁门县，即今山西省代县。太守：郡县的行政长官。行：歌行。雁门太守行：古乐府曲调，《乐府诗集》中收入，为《相和歌·瑟调曲》之一，多写边塞征伐之事。此诗生动地描写了一次边城守军出征到战斗的全部过程，表现了战士们浴血奋战、不惜为国捐躯的豪情。全诗用语奇特，意象新颖，形象鲜明，很能代表李贺诗的艺术特色。

2　黑云：浓重的块云。这里指战云，形容战争形势紧张。摧：摧毁。云愈厚则愈低，似和城墙相接，故有压城欲摧之语。此处用自然景色反衬战斗形势的紧张，二者达到了和谐的统一。

3　甲：铁甲。金鳞：指铁甲上的金属片。此句是说出征战士的铁甲在夕阳的映照下发出金鳞般片片光芒。表明战士的英勇，针对前面形势紧张而言。

4　角声：号角之声。此句写号角之声在秋日氛围中惊天动地，表明大军的声势。

5　燕脂：同“胭脂”，形容边塞土地的颜色。崔豹《古今注》言：“秦筑长城，土色皆紫，故曰紫塞。”

6　半卷红旗：因风力太大，把红旗卷起一部分，以减少阻力。王昌龄《从军行》诗中有“红旗半卷出辕门”之句。易水：水名，源出河北省易县。这里可能是虚指，化用《易水歌》“风萧萧兮易水寒，壮士一去兮不复还”的典故，言战士们怀有必死的决心。

7　“霜重”句：是说由于寒夜的浓霜把进军的战鼓都浸湿了，因此鼓声低沉。表示战斗已经开始。

8　黄金台：又称金台、燕台，相传为战国时燕昭王所筑，上置黄金，用来招揽天下的贤才。故址在今河北省易县东南。

9　玉龙：宝剑名。

南　园（选一首）[1]

［唐］

李　贺

男儿何不带吴钩[2]，收取关山五十州[3]。

请君暂上凌烟阁，若个书生万户侯[4]？

注释

1　南园：李贺老家福昌县昌谷（今河南省宜阳县）依山傍水，风景秀丽，有南北二园。李贺常在南园读书。《南园》组诗共十三首，这是第五首，写投笔从戎、建立功名、统一祖国的愿望。

2　吴钩：一种锋利弯曲的宝刀。见岑参《送人赴安西》注 2。

3　关山：关塞河山。五十州：指黄河以北被藩镇势力控制的大片国土。《资治通鉴》记唐宪宗时，黄河南北有五十余州是国家法令所不能制约的地方。

4　凌烟阁：唐朝长安皇宫内的阁殿名。唐太宗贞观十七年（643），为表彰开国功臣，命当时名画家阎立本绘长孙无忌、魏徵等二十四人的图像于凌烟阁上，由书法家褚遂良题阁名，太宗亲自作赞。万户侯：意为食邑万户的爵位，古代爵位的高低往往以食邑户的多少表示。这二句是说请您到凌烟阁上看一看，哪一个功臣是书生呢？

登夏州城楼[1]

［唐］

罗 隐

寒城猎猎戍旗风，独倚危楼怅望中[2]。

万里山河唐土地，千年魂魄汉英雄[3]。

离心不忍听边马[4]，往事应须问塞鸿[5]。

好脱儒冠从校尉，一枝长戟六钧弓[6]。

注释

1　夏州：唐代州名，亦称榆林，在无定河支流清水东岸，紧靠长城，是当时边塞重镇，以形势险峻著称。故址在今陕西省横山县境内。此诗写作者登高远望，面对大好河山，忆及无数为国捐躯的英雄，无限感慨，奋然起投笔从戎、报效国家之志；同时又隐约透出诗人对边防的忧虑。全诗沉郁忧愤，融历史和现实于一体，感染力强，真切动人。

2　猎猎：风吹旗动之声。戍旗：边防军之旗。危楼：高楼。怅望：怅然想望。杜甫诗《咏怀古迹》："怅望千秋一洒泪，萧条异代不同时。""寒""危"二字显出形势紧张。

3　此二句写目之所见、心之所感。

4　离心：离人之心，即游子之心。边马：指边塞马鸣之声。

5　往事：过去的事情，这里泛指历史上边塞发生的无数次战争。塞鸿：也称塞雁，即边塞上的鸿雁，其为候鸟，秋去春归，常来边塞，故诗人欲问之。

6　校尉：官名，武职，次于将军。六钧弓：指拉力一百八十斤的强弓。古代一钧为三十斤。《左传·定公八年》有“颜高之弓六钧”之语。结尾两句说自己要弃文就武，执长枪、挎硬弓去守卫边防。

| 延伸阅读 |

苏武重生——周亚夫

“嗟乎，此真将军矣！曩者霸上、棘门军，若儿戏耳，其将固可袭而虏也。至於亚夫，可得而犯邪！”“即有缓急，周亚夫真可任将兵。”

——《史记卷五十七·绛侯周勃世家第二十七》

和李秀才边庭四时怨（选一首）[1]

［唐］

卢汝弼

朔风吹雪透刀瘢[2]，饮马长城窟更寒[3]。

半夜火来知有敌，一时齐保贺兰山[4]。

注释

1 李秀才：生平不详。此为和李秀才诗所作，共四首，写边塞春、夏、秋、冬四时情景和征人的思乡之情。此诗原列第四，写冬日雪夜战士们闻警而动保卫要塞的情形。诗仅寥寥四句，却写尽了边塞生活的艰苦、紧张，并显示了战士们昂扬的斗志。无怪乎明胡应麟称此诗为“盛唐高手所作”。

2 刀瘢（bān）；刀砍后留下的伤疤。

3 饮马：使马喝水。窟：积水的洼地。古乐府瑟调曲有《饮马长城窟行》，传说是闺中少妇思念长城上守边丈夫的诗歌。三国时陈琳作此题诗，其中有“饮马长城窟，水寒伤马骨”之句。此处借用其意，言边塞风雪之夜极其寒冷。

4 火：报敌情的烽火。贺兰山：山名，在河套一带，位于今内蒙古自治区和宁夏回族自治区交界处。结尾两句写战士们奋勇应战，保卫边疆。

塞　上[1]

［唐］

江　为

万里黄云冻不飞[2]，碛烟烽火夜深微[3]。

胡儿移帐寒笳绝[4]，雪路时闻探马归[5]。

注释

1　此诗写冬夜边塞景色和战斗生活，刻画描写细致入微，意韵悠长。

2　黄云：因在沙漠之中，故称黄云。冻不飞：形容天气极冷，将黄云冻住，不能飞动。

3　碛（qì）：沙漠。此句是说夜深后，边塞的烽烟也渐渐微暗了。

4　移帐：移营。胡人为游牧民族，住帐幕，故曰移帐。寒笳绝：是说清冷凄厉的胡笳声也因敌人远去而听不到了。

5　探马：负责侦察敌情的骑兵。结尾一句留有余味，写战士们仍然保持警惕。

登单于台[1]

[唐]

张　蠙

边兵春尽回[2]，独上单于台。

白日地中出，黄河天外来[3]。

沙翻痕似浪，风急响疑雷[4]。

欲向阴关度，阴关晓不开[5]。

注释

1　单于台：古地名，故址在今内蒙古自治区呼和浩特市西。此诗写诗人在边关登高远望，大漠雄伟辽阔、气势磅礴的风光尽收眼底。

2　边兵：边塞戍卫的军队。

3　“白日”二句：上追王维“大漠孤烟直，长河落日圆”名句，工整浑厚。

4　“沙翻”二句：写沙、风，形象自然，非常逼真。

5　阴关：阴山中的关隘。度：过。晓不开：是说拂晓时，关隘未开。

水调歌（选一首）[1]

［唐］

无名氏

平沙落日大荒西[2]，陇上明星高复低[3]。

孤山几处看烽火[4]，壮士连营候鼓鼙[5]。

注释

1　水调歌：也称《水调词》《水调子》，乐府歌曲名，属“近代曲辞”。此诗写边塞黄昏，戍兵瞭望敌情，整装待发，准备战斗的场面。

2　大荒：指极边远、荒僻的地区。起句阔大，不同凡响。

3　陇上：指陇山地区，在今甘肃省。这里泛指西北边塞。

4　孤山：孤零的山峰。

5　壮士：士兵。连营：一个营地接着一个营地。鼓鼙（pí）：大鼓和小鼓。古时军中闻鼓而前进，这里是说战士们等待进军的鼓声。

凉州歌[1]

［唐］

无名氏

朔风吹叶雁门秋[2]，万里烟尘昏戍楼[3]。

征马长思青海上，胡笳夜听陇山头[4]。

注释

1　凉州歌：即《凉州词》。见王翰《凉州词》注 1。此诗以马写人，表现常年戍边征人思念家乡的情感。

2　朔风：北风。雁门：地名，即雁门关，在今山西省代县。

3　烟尘：烽烟战尘。昏：黄昏。戍楼：边防部队的瞭望楼。

4　青海：见王昌龄《从军行》（“青海长云暗雪山”）注 2。陇山：山名，在陕西省陇县西北。结尾两句以征马闻笳、思践故土衬托将士的乡思。

塞上曲[1]

[宋]

柳　开

鸣髇高上一千尺[2]，天静无风声更乾[3]。

碧眼胡儿三百骑[4]，尽提金勒向云看[5]。

注释

1　塞上曲：新乐府辞，《乐府诗集》收入“乐府杂题”，内容写边塞征伐之事。宋初散文家柳开是宋代文坛上最早提倡宗法韩愈、柳宗元的人，对扭转文风起了重要的作用。他的这首七绝描写边塞风景，形象生动，宛如一幅美丽的边塞图画，可以说深得唐诗三昧。

2　鸣髇（xiāo）：响箭，又称鸣镝（dí）、嚆（xiāo）矢、髐（xiāo）箭。据《史记·匈奴传》记载，最初为匈奴所作，用以控制、指挥军队。

3　乾：清脆。

4　碧眼：绿色的眼睛。

5　金勒：金饰的马嚼子。

奉使契丹初至雄州[1]

［宋］

欧阳修

古关衰柳聚寒鸦[2]，驻马城头日欲斜[3]。

犹去西楼二千里[4]，行人到此莫思家。

注释

1　契丹：宋时活跃在北方的少数民族之一，是东胡族的一支，居住在辽河一带，唐末建契丹国，后改称为辽。雄州：地名，即河北省雄县，北宋时此与契丹接壤。此诗作于至和二年（1055），写出使契丹途经雄州时所见的边塞景色。

2　衰柳：衰败的柳树。

3　驻马：停马。

4　西楼：指契丹都城上京，地址在今内蒙古自治区赤峰市巴林左旗。此句言出使契丹，到了雄州，距目的地尚有二千里之遥。

闻种谔米脂川大捷[1]

［宋］

王　珪

神兵十万忽乘秋，西碛妖氛一夕收[2]。

匹马不嘶榆塞外[3]，长城自起玉关头[4]。

君王别绘凌烟阁[5]，将帅今轻定远侯[6]。

莫道无人能报国，红旗行去取凉州[7]。

注释

1　种谔：字子正，宋神宗时人。官至凤州团练使，知延州。为人残忍狡诈，但战功颇多。米脂：宋时置米脂砦，因米脂河而得名，故址在今陕西省。米脂川大捷：指神宗元丰四年（1081）种谔在米脂大胜西夏军之事。王珪此时为银青光禄大夫，闻捷后乃作此诗，高度赞扬种谔的胜利。

2　碛（qì）：沙漠。我国西部多沙漠，故“西碛”泛指西部边塞。妖氛：妖气，此处指敌军。一夕：一旦，一日。收：肃清。此二句言宋军乘秋高气爽，大军西征，一举消灭敌人。

3　榆塞：塞名，又称榆林塞、榆谿塞，据《汉书》记载为秦修长城所在，蒙恬曾于此处“累石为城，树榆为塞”，因以名之。故址在今内蒙古自治区准格尔旗。此处用为边塞通称，唐骆宾王《送郑少府入辽》诗中有“边烽警榆塞”之句。此句言因战争胜利，边塞显得十分安静，再无西夏军骚扰。

4　玉关：玉门关。此句以长城喻种谔，言其有如长城，守卫边疆。

5　凌烟阁：见李贺《南园》注 4。此句说种谔功高当世，定能绘图凌烟阁，青史扬名。

6　轻：轻视。定远侯：指汉班超。《汉书·班超传》载：“封超为定远侯，邑千户。”封地在今陕西省镇巴县。详见李益《塞下曲》注 3。“将帅”句说种谔功胜班超，是溢美之词。

7　凉州：在今甘肃省武威市，是古代西部边疆的军事重地。

| 延伸阅读 |

三十六计——檀道济

孙子曰：将军可夺心。道济谓晦悉臣勇，果不战而自溃。又曰：强弱形也。道济唱筹量沙而却魏军是也。

——《十七史百将传》

塞　上[1]

［宋］

王　操

无定河边路，风高雪洒春[2]。

沙平宽似海，雕远立如人[3]。

绝域居中土，多年息虏尘[4]。

边城吹暮角，久客自悲辛[5]。

注释

1　此诗写塞上景色，形象逼真，真实感人，其中“沙平宽似海，雕远立如人”之句尤佳，非亲眼见之，不能道出。

2　无定河：以古黑水、金河、奢延水为源汇流而成，经榆林、清涧后入黄河。因急流溃沙，河道深浅不定，故称无定河。在今内蒙古自治区至陕西省一带。此二句是说虽已是春天，但无定河仍然风急雪猛。

3　“雕远”句：言远处大雕像人那样站立。

4　绝域：极远、极偏僻的地方。中土：中原。息：停息。虏尘：敌骑踏起的战尘。此二句说边境和平，虽身处塞上，犹如居住在中原一样，看不见烽烟战尘。

5　边城：泛指边塞上的城关。角：古乐器名，初为西北地区游牧民族所作，多用作军号。结尾两句写长年征战在外的将士，在落日边城中，用胡角抒发自己的思家之情。

｜延伸阅读｜

梁王——彭越

仡仡彭王，用归汉祖。血战群龙，风从彪虎。

威慑万夫，气雄阵鼓。攻灭秦项，清夷区宇。

奋发巨野，封崇梁土。信布齐名，推扬我武。

——《事林广记后集》

早 发[1]

［宋］

宗 泽

伞幄垂垂马踏沙[2]，水长山远路多花[3]。

眼中形势胸中策[4]，缓步徐行静不哗[5]。

注释

1　南宋王朝中，主张积极抗战、收复国土，并付诸实施、重创金兵的将相，以宗泽和岳飞最负盛名，可惜他们都被投降派排挤而不能实现自己的理想，以至于后来陆游含痛咏出了“公卿有党排宗泽，帷幄无人用岳飞”的诗句。这位被金兵称为“宗爷爷”的抗战领袖，在病榻之上，临死之际，尚连呼三声“过河”，可谓鞠躬尽瘁，死而后已了。宗泽这首描写自己率领大军清晨出征的诗，在宋代从军诗中很有特点。南宋国破家亡的现实，使得这类诗大多激奋、昂扬或感慨、叹息；但此诗则沉稳、朴实，表现出一种悠游不迫、从容镇定的大将风度和必胜的信念。这种高度的自信心，在宋代从军诗中是难能可贵的。

2　伞幄（wò）：古代官员出行时仪仗队里用的伞帐。垂垂：

飘挂的样子。

3 写行军途中的景物。

4 策：谋略。

5 徐行：缓行。哗：吵闹。末句写军队纪律严明、训练有素。

| 延伸阅读 |

抗金英雄——岳飞

岳先生，我宋之吕尚也。建功树绩，载在史册，千百世后，如见其生。至于笔法，若云鹤游天，群鸿戏海，尤足见干城之选，而兼文学之长，当吾世谁能及之。

——文天祥《吊古战场文》跋

塞下曲[1]

［宋］

严 仁

漠漠孤城落照间[2]，黄榆白苇满关山[3]。

千枝羌笛连云起[4]，知是胡儿牧马还[5]。

注释

1 塞下曲：见李白《塞下曲》注 1。这是一首描写边塞风景的诗篇，落日孤城，黄榆白苇，牧马归来，羌笛四起，如一幅边塞少数民族风俗画。

2 漠漠：寂寞，沉静。孤城：泛指边疆的城塞。落照间：夕阳照耀之中。

3 黄榆：秋日变黄的榆树。白苇：即白草。详见岑参《白雪歌送武判官归京》注 2。关山：泛指边塞关隘和山脉。前两句写远景，辽阔宏大，侧重刻画静的背景。

4 羌笛：管乐器名，产于西域。连云起：指笛声直冲云霄。

5 胡儿：古时对西北少数民族的称呼。后二句写人、写马、写笛声，侧重写动，在背景上增加了中心人物，使全幅画充满生气。

扈驾[1]

［宋］

吕定

八月秋高战马肥，观兵郊外振天威。

一声凤吹迎鸾驭[2]，五色龙文杂衮衣[3]。

剑戟横空金气肃[4]，旌旗映日彩云飞[5]。

令严星火诸军奋[6]，直斩单于塞上归[7]。

注释

1　扈（hù）：侍从的意思。扈驾，指随从皇帝的车驾。这是一首描绘作者侍从皇帝检阅军队，准备出征的诗，显示了宋军队伍的齐整、强盛。

2　凤吹（chuì）：笙箫等细乐，此处指迎接皇帝所奏的乐曲。鸾驭：装有响铃的车驾，特指皇帝所乘的车驾。

3　龙文：龙形的花纹。衮（gǔn）衣：又称衮服，古代帝王及上公绣龙的礼服。

4　金气：秋气。古人以秋属金，故秋天亦称金秋。肃：肃杀。

5　彩云飞：彩色流云。以上两句写军队的装备、气势。

6　令严：命令紧急。星火：原指流星之火，后比喻急迫。李密《陈情事表》中有“急于星火”之句。奋：振奋。

7　结尾表现良好的愿望和必胜的信心。

| 延伸阅读 |

悲剧英雄——袁崇焕

十余年奴氛孔炽，士卒畏敌，不畏将帅。袁崇焕一振起之，而将士始用其命，军民始安其生，天下壮之，真今之方叔也。

——《玉镜新谭卷之四》

出塞曲（选一首）[1]

［宋］

张琰

腰间插雄剑，中夜龙虎吼[2]。

平明登前途[3]，万里不回首。

男儿当野死[4]，岂为印如斗[5]！

忠诚表壮节，灿烂千古后[6]。

注释

1　出塞曲：乐府歌曲《横吹曲》名。见杨素《出塞》注 1。原题二首，此选其一。该诗表现了作者慷慨从军、奋不顾身的豪情壮志。据史书记载，作为武将，他与元军力战而死，实现了自己的誓言。

2　雄剑：古时宝剑名。《吴越春秋》说吴国剑匠干将和其妻莫邪为吴王阖闾造铸雌雄二剑，雄称干将，雌称莫邪，皆锋利无比。中夜：半夜。龙虎吼：虎啸龙吟。古人传说宝剑要杀人则深夜自鸣。

3　平明：天刚亮。

4　野死：指沙场战死。屈原《国殇》中有“严杀尽兮弃原野”之句。

5　如斗：像斗那样大。古时官越大，官印也越大。

6　表：显扬。节：气节，节操。结尾两句说为国捐躯，身虽死而英名则流芳千古，与文天祥“人生自古谁无死，留取丹心照汗青”诗意相同。

| 延伸阅读 |

勇略忠义——韩世忠

宋靖康、建炎之际，天下安危之机也，勇略忠义如韩世忠而为将，是天以资宋之兴复也。方兀术渡江，惟世忠与之对阵，以闲暇示之。及刘豫废，中原人心动摇，世忠请乘时进兵，此机何可失也？高宗惟奸桧之言是听，使世忠不得尽展其才，和议成而宋事去矣。暮年退居行都，口不言兵，部曲旧将，不与相见，盖惩岳飞之事也。昔汉文帝思颇、牧于前代，宋有世忠而不善用，惜哉！

——《宋史·卷三百六十四·列传第一百二十三》

伤　春[1]

［宋］

陈与义

庙堂无策可平戎，坐使甘泉夕照烽[2]。

初怪上都闻战马，岂知穷海看飞龙[3]！

孤臣霜发三千丈[4]，每岁烟花一万重[5]。

稍喜长沙向延阁，疲兵敢犯犬羊锋[6]。

注释

1　陈与义是南宋著名诗人，诗风流丽自然。他积极主张抗金，对南宋朝廷的逃跑政策非常愤慨。公元 1130 年春天，诗人面对春日的大好时光，忧虑国家的艰难处境，无限感慨；当听到长沙向子湮的部队打了胜仗时，又稍感欣慰，作了这首诗。

2　庙堂：本指宗庙明堂。因古时帝王每遇大事，则告于宗庙，议于明堂，故又代指朝廷。平戎：消灭入侵中原的敌人。戎是古时汉族人对西北少数民族的通称，这里特指金兵。坐：因。使：使得。甘泉：指皇帝的行宫。因汉朝皇帝的行宫设在甘泉山上（陕西省淳化县境内），故以此称之。烽：烽火。

此二句是说朝廷一筹莫展，只能坐在那里，看着傍晚报警的烽火把皇帝的行宫照红。

3　上都：首都。穷海：偏僻遥远的海。飞龙：指皇帝，古时“龙”是皇帝的代称。公元1129年冬天，金兵渡长江占领建康（今南京）后，赵构乘船仓皇逃到海上。此二句是说开始时还吃惊京城里听到战马的嘶鸣（意指敌兵攻进京城），后来怎会料到皇帝也逃到海上避难去了。

4　孤臣：作者自称。霜发：白发如霜。三千丈：夸张发之长。化用李白“白发三千丈，缘愁似个长”之句，表示自己为国事担忧。

5　每岁：每年。烟：氤氲（yīn yūn），也作烟煴、絪缊，指春天来到，阴阳二气相交合产生的迷蒙之气。花：花卉。张衡《思玄赋》中写春景有“天地烟煴，百卉含葩”之句，可为“烟花”二字作注解。一万重：层层叠叠，数不胜数。此句说春天来了，百花并不解人的忧愁、时局的败坏，照样开得欣欣向荣。与前面孤臣形象形成强烈对比。

6　向延阁：即向子湮，原为秘书阁直学士。此时向延阁正在长沙任太守，组织军兵共同抵抗金兵。疲兵：老弱疲乏的军队。犯：抗击。犬羊锋：金国军队的锐气。“犬羊”是对少数民族的蔑称，“视之如犬如羊”的意思。

送紫岩张先生北伐[1]

［宋］

岳　飞

号令风霆迅[2]，天声动北陬[3]。

长驱渡河洛[4]，直捣向燕幽[5]。

马蹀阏氏血[6]，旗枭可汗头[7]。

归来报明主[8]，恢复旧神州[9]！

注释

1　紫岩张先生：张浚，字德远，号紫岩居士。南宋著名抗战将领，曾任知枢密院事、川陕京西诸路宣抚处置使等。他力主抗金，重用岳飞、韩世忠等人。公元1134年，金兵南侵，张浚督师江淮间，临行前岳飞写此诗为他送行。诗中对张浚寄托厚望，鼓励他全歼金兵，收复失地；全诗慷慨激昂、雄壮豪迈，和岳飞的《满江红》一词有异曲同工之妙。

2　风霆：狂风迅雷。此句是说军中的号令有如狂风巨雷一样迅速。

3　天声：指宋朝大军的声势。陬（zōu）：角落。此句意为宋朝军队的威风远震北方的边远地区。

4　长驱：迅速地进军。河：古代河是黄河的专称。洛：洛水。当时河洛一带已被金兵占领。

5　捣：捣毁。燕（yān）幽：指今河北省、山西省北部和内蒙古自治区南部地区，这一带战国时是燕国的领土，属古幽州，故称燕幽。

6　蹀（dié）：践踏的意思。阏氏（yān zhī）：古时匈奴王后称阏氏。

7　旗枭（xiāo）：古代刑法的一种，把人头割下来挂在旗杆上示众。可汗（kè hán）：古西域各国君王的称呼。此处指金国皇帝。

8　明主：英明的君主，这里特指宋朝皇帝。

9　神州：中国古称赤县神州。

| 延伸阅读 |

护国夫人——梁红玉

韩蕲王之夫人，京口娼也。尝五更入府，伺候贺朔。忽於庙柱下见一虎卧，鼻息齁齁然，惊骇亟走出，不敢言。已而人至者众，复往视之，乃一卒也。因蹴之起，问其姓名，为韩世忠。心异之，密告其母，谓此卒定非凡人。及邀至其家，具酒食，卜夜尽欢，深相结纳，资以金帛，约为夫妇。蕲王后立殊功，为中兴名将，遂封两国夫人。

——《鹤林玉露》

书　愤[1]

[宋]

陆　游

早岁那知世事艰[2]，中原北望气如山[3]。

楼船夜雪瓜洲渡[4]，铁马秋风大散关[5]。

塞上长城空自许[6]，镜中衰鬓已先斑[7]。

出师一表真名世，千载谁堪伯仲间[8]。

注释

1　书愤：书写胸中郁积的悲愤不平之情。此诗作于淳熙十三年（1186）春天，通过对早年驰骋疆场的战斗生活的回忆，感叹自己从军报国的理想不能实现。诗沉郁顿挫，有杜甫诗的风格。

2　早岁：年轻的时候。

3　此句承上句，意思是说北望中原沦陷的国土，豪气冲天，有恢复失地的雄心壮志。

4　楼船：高大的战船，因船舱之上有楼层，故言之。 瓜洲：也称瓜埠洲，在江苏省扬州市南，与镇江相对，为大运河流入长江处。公元1161年冬，金主完颜亮南侵，占领瓜洲，准备从此渡江南下，后因遭到虞允文部队和人民的顽强抵抗而败退。此句即指此，言冬日雪夜，守军的战船在瓜洲击退金兵。

5　铁马：披着铁甲的战马。大散关：在今陕西省宝鸡市西南大散岭上，是南宋与金交界的边防重镇。公元1161年秋天，金兵曾占据大散关，宋将吴璘率部队与之激战，第二年金兵败退，宋军再度收复大散关。

6　塞上长城：据《宋书》记载，南朝宋大将檀道济多次抵抗北魏的侵略，自称为南朝的“万里长城”。此句是说作者自己白白以塞上长城自许。

7　鬓：额边之发。此句是说自己的头发已因衰老而变白了，但志向却没能实现。

8　出师一表：即《出师表》。三国时蜀相诸葛亮伐魏前所作，向后主刘禅表示自己伐魏的决心。名世：世上有名。千载：千年。堪：能，可以。伯仲：古时兄弟长幼次序的排行，老大称伯，老二为仲。后来往往用来衡量人物的优劣。伯仲间，是说伯仲之间，相差无几。最后两句慨叹无人能和诸葛亮相比。

纵　笔[1]

［宋］

陆　游

东都宫阙郁嵯峨，忍听胡儿敕勒歌[2]。

云隔江淮翔翠凤[3]，露霑荆棘没铜驼[4]。

丹心自笑依然在，白发将如老去何[5]！

安得铁衣三万骑，为君王取旧山河[6]。

注释

1　纵笔：放开笔墨尽情抒写的意思。此诗作于淳熙十三年（1186）冬天，此时陆游在严州军中任职。诗中一方面对国土的沦陷表示深切的哀痛；一方面表示愿带兵北上收复国土的强烈愿望。

2　东都：又称东京，北宋时都城，即今河南开封。宫阙：宫殿和阙门。阙，见刘长卿《代边将有怀》注 2。郁：树木繁盛之貌，此借指宫殿众多。嵯峨（cuó é）：山势高峻，此处也指高大的宫殿。忍听：怎忍听，不忍听。胡儿：指金兵。敕（chì）勒歌：北齐时斛律金所唱的“敕勒族”的民歌，词曰：“敕勒川，阴山下，天似穹庐，笼盖四野。天苍苍，野茫茫，风吹草低见牛羊。”此处借指金人的歌曲。此二句是说东都被金人占领。

3　江淮：长江和淮河。翔：飞翔。翠凤：指南宋皇帝。意指南宋皇帝偏安江南。

4　露：露水。铜驼：铜铸的骆驼。晋陆机《洛阳记》言汉铸铜驼二枚，置在皇宫南道旁，夹路相对。又《晋书·索靖传》载：“靖有先识远量，知天下将乱，指洛阳宫门铜驼叹曰：‘会见汝在荆棘中耳！’”诗用此典，意指北宋王朝的倾覆。

5　丹心：赤心，爱国之心。此二句自嘲，是说可笑自己赤心还在，但年岁已老，两鬓皆白，还会有什么作为呢？

6　铁衣：铁甲。最后两句表自己不服老，如能领兵，仍然可以收复失地。

| 延伸阅读 |

女中丈夫——秦良玉

马世龙等值边陲多事，奋其勇略，著绩戎行，

或捐躯力战，身膏原野，可谓无忝爪牙之任矣。

夫摧锋陷敌，宿将犹难，而秦良玉一土舍妇人，

提兵裹粮，崎岖转斗，其急公赴义有足多者。

彼仗钺临戎，缩朒观望者，视此能无愧乎！

——《明史·列传第一百五十八》

十一月四日风雨大作[1]

[宋]

陆　游

僵卧孤村不自哀[2]，尚思为国戍轮台[3]。

夜阑卧听风吹雨[4]，铁马冰河入梦来[5]。

注释

1　陆游此诗作于公元 1192 年，此时他虽已六十八岁，告老还乡，但仍念念不忘抗敌卫国，在孤村深夜的风雨声中，他梦见自己骑着战马，在抗敌前线报效国家。

2　僵卧：躺着不动。哀：悲哀。

3　戍：守卫。轮台：地名，在今新疆维吾尔自治区乌鲁木齐市北，详见岑参《走马川行奉送封大夫出师西征》注 4。这里泛指边疆。

4　夜阑：夜将尽。

5　铁马：披铁甲的战马。冰河：冰封的河流。此句写梦中想象自己骑着战马，跨越冰河，为国戍边的情形。

送夫赴襄阳[1]

［宋］

卢 氏

羡君家世旧缨簪[2]，百战常怀报主心[3]。

草檄有才追记室[4]，筑台无路继淮阴[5]。

射雕紫塞秋云黑，走马黄河夜雪深[6]。

白首丹衷知未变[7]，归来双肘印黄金[8]。

注释

1　送夫：指作者送其夫吴源。襄阳：在今湖北省，其所处为古时南北交通要道，一直为军事重镇。元兵南下，宋军坚守襄阳，曾发生激战。《荆门纪略》载吴源当时为统制，率兵赴襄阳，力战身亡。卢氏此诗是为吴源送别时所作，诗中希望自己的丈夫立功封侯，胜利而归。诗昂扬振奋，出于女性之手但绝少儿女之情。

2　缨簪（zān）：古代官吏的冠饰品，缨是丝织的穗状物；簪由金属、玉石等制成，呈条状。古代缨簪常用来代指显贵。此句是说吴源出身官宦世家。

3　主：指南宋皇帝。

4　记室：古代官名，又称记室督、记室参军，诸王、三公、大将下均设此官，掌管章表、书记、文檄等等。此处用记室是特指曹操手下记室参军陈琳，他是“建安七子”之一，史书记其文思敏捷、才气高超，曾为曹操作讨敌檄文，文不加点，倚马可待。这里是说吴源的文采可以和陈琳相比肩。

5　淮阴：即指汉淮阴侯韩信。韩信为汉初名将，帮助刘邦南征北战，统一天下，被封为淮阴侯。据《史记》载：韩信最初投奔项羽，不为所重；又投刘邦，仍被轻视，他怨之而去，但萧何知其才能，乘月追回，劝说刘邦，特筑台拜将，以服诸将。此句说没有人识别吴源的将才，不能像韩信那样被拜为大将。

6　紫塞：原指北方边塞。据崔豹《古今注》：“秦筑长城，土色皆紫，汉塞亦然，故称紫塞焉。”这里指襄阳前线。此二句想象吴源在襄阳杀敌的情形。

7　丹衷：赤心。此句说即使到白头时，报主报国的忠心也不会改变。

8　最后一句希望丈夫归来时立功封侯、双肘挂满黄金印。

赠防江卒（选二首）[1]

［宋］

刘克庄

一

陌上行人甲在身[2]，营中少妇泪痕新[3]。

边城柳色连天碧，何必家山始有春[4]？

二

壮士如驹出渥洼[5]，死眠牖下等虫沙[6]。

老儒细为儿郎说[7]，名将皆因战起家[8]。

注释

1　防江卒：防守长江、淮河一带的士兵。刘克庄此诗共四首，此处选第一、二两首。第一首通过对战士妻子的安慰，勉励她们支持自己的丈夫上前线；第二首则用对比的方法鼓励战士：好男儿自当驰骋疆场，为国杀敌。

2　陌（mò）：田间小道。行人：出征的战士。

3　营中少妇：指到军营中送行的士兵的妻子。

4　碧：青绿色。结尾两句是说边城之上也是碧柳青青，与天相连，并非只有家乡的山水才有美丽的春天。

5　驹：日行千里的神马。渥（wò）洼：水名，在今甘肃省瓜州县。《史记·乐书》曾记于渥洼水中得神马。

6　牖（yǒu）：窗户。虫沙：虫子和沙土。据《抱朴子》记载：周穆王南征时，全军皆亡，君子化为猿、鹤，小人则为虫为沙。此处用虫沙指那些碌碌无为、老死家中之人。

7　老儒：作者自称。儿郎：边防战士。

8　此句是说古代的英雄名将都是在战斗中成长起来的，借以激励战士们奋战沙场、建立功名。

| 延伸阅读 |

平阳昭公主——李秀宁

高祖第三女平阳公主。义兵起，公主于鄠县庄，散家资招引山中亡命，得数百人。起兵以应高祖。略地至盩厔武功始平，皆下之。每申明法令，禁兵无得侵掠，故远近奔赴甚众，得兵七万人。公主间使以闻，使者至，高祖大悦。及义军渡河。公主引精兵万馀，与太宗会於渭北，与其驸马柴绍，各置幕府。营中号为娘子军。京城平，封为平阳公主。以独有军功，每赏赐异於他主。及薨，追谥曰昭。

——《唐会要》

议纠合两淮复兴（选一首）[1]

［宋］

文天祥

清边堂上老将军[2]，南望天家泪湿巾[3]。

为道两淮兵定出，相公同作歃盟人[4]。

注释

1 议：商量。纠：集结。西淮：宋代建置的淮南东路、淮南西路的合称，在今淮河和长江之间一带。复兴：重新收复。当时两淮一带大部已被元军占领，故言复兴。此诗题下共三首，这里选其一。原诗前有序，记该诗作于德祐二年（1276），当时文天祥从镇江敌营中逃出，至真州，与真州守将苗再成相见，共同商议纠合余部于两淮起兵。诗直率朴实，不加修饰，真实记录了当时的处境，对复兴充满希望。

2 清边堂：真州州官的衙署，真州在今江苏省仪征市。老将军：指苗再成。当时他为真州守将。

3 天家：指宋王朝。南望天家，此时南宋小朝廷“流落”福州一带，故有此说。

4 相公：作者自称，当时文天祥为丞相，故自称相公。歃（shà）盟：古时会盟，双方口含牲畜之血或以血涂口边，表示不反悔。

呈友人[1]

［宋］

高 言

昨夜阴风透胆寒，地炉无火酒瓶干[2]。

男儿慷慨平生事，时复挑灯把剑看[3]。

注释

1 呈：古代下级送给上级公文等叫呈，这里是作者谦虚的说法。诗抒发作者的豪情壮志，激昂振奋。

2 地炉：古时设置地上取暖用的火炉。干：净，空。

3 时复：不时地，经常地。挑灯：古时照明用蜡烛和油灯，为使其明亮，需挑动灯芯，以免被油浸淹。辛弃疾词《破阵子》中有“醉里挑灯看剑”之句，与此意同。

飞 将[1]

[宋]

胡宿

曾从嫖姚立战功[2]，胡雏犹畏紫髯翁[3]。

雕戈夜统千庐会[4]，缇骑秋畋五柞官[5]。

后殿拜恩金印重[6]，北堂开宴玉壶空[7]。

从来敌国威名大，麾下多称黑稍公[8]。

注释

1　飞将：原指汉代名将李广，后泛指神速勇猛的战将。此诗刻画了一位屡立战功、使敌人闻名丧胆、深受士兵喜爱的将军形象。

2　嫖姚：指汉名将霍去病。这里泛指当时军队的统帅。

3　胡雏：即胡儿之意。雏，指幼儿。此处是对胡人的蔑称，犹言“黄口孺子”。紫髯翁：原指紫色髯之老翁。此处有三层含义：一是所刻画之将军髯为紫色，故言之。二是把此将同三国英雄孙权相比。据《三国志·吴志·孙权传》载：张辽问吴降卒，向有紫髯将军，长上短下，使马善射，是谁?

回答说是孙会稽。唐诗人李白多用此语，韩翃《送李中丞赴商州》诗中亦有“当年紫髯将，他日黑头公”之句。

4　统：统领。千庐：庐，原指房屋，后指官员值班时的住处。千庐是指轮流值宿、守卫的人很多。张九龄《和许给事中直夜》诗有“武卫千庐合，严扃万户深”之句，意同此。会：会合。

5　缇（tí）骑：官名，秦时设缇骑中尉，掌管京师治安、保卫皇帝安全等，相当于禁卫军，因为身穿橘红色服装、骑马，故称缇骑。畋（tián）：打猎。五柞宫：汉代离宫名，《汉书·武帝记》注说，因有五柞树，故名之。故址在今陕西省周至县。此处泛指行宫。上面两句说将军深得皇帝信任，担任保卫皇帝的重任。

6　后殿：后面的宫殿。金印重：指官职高。

7　玉壶空：指酒量大，把壶喝空了。

8　麾（huī）：指挥用的旌旗。麾下，指部下。黑矟（shuò）公：对将军的爱称。《魏书》记后魏时于栗磾为河内大将，好持黑矟（槊的一种），刘裕给他写信时称“黑矟公麾下”，明帝因而授为黑矟将军。此处把主人公和古代英雄相比，同时也点出他以矟为兵器。

经战地[1]

［宋］

鲁 交

西边用兵地，黯惨无人耕[2]。

战士报国死，塞草迎春生。

沙飞贼风起，昼黑阵云横[3]。

夜半烽台望，旄头星尚明[4]。

注释

1 这首诗写作者经过古战场的感受，并告诫人们要提高警惕，敌人仍虎视中原。

2 黯（àn）惨：昏暗、凄凉的样子。

3 阵云：战云。横：充溢。此二句说战争形势紧张。

4 旄（máo）头星：见高适《塞下曲》注 8。此句是说敌人有可能进犯。

连国华饯予出天山因用韵[1]

［元］

耶律楚材

十年不得舞衣斑[2]，一忆江南胆欲寒[3]。

黄犬候来秋自老[4]，白云望断信何难[5]！

军中得句常横槊，客里伤心每据鞍[6]。

游子未归情几许，天山风雪正漫漫[7]。

注释

1　连国华：生卒年不详。据诗题看当是此人备筵为作者饯行，作者有感而作此诗。诗中表现作者长年从军边疆的感慨，以及自己的抱负。

2　舞衣斑：春秋时老莱子，年已七十，但常穿五色彩衣，在堂前学小儿嬉戏，以娱父母，被古人称为孝子。此句是说自己十年没有服侍双亲了。

3　“一忆”句：是说自己一忆江南，更增无限思乡之情，心胆欲碎。

4　黄犬：《晋书·陆机传》记载：陆机有爱犬一头，名曰黄耳。他羁留京城洛阳时，和家中久未通信，一日思家，笑问黄犬：你能把信送回家中吗？犬摇尾作声，陆机写信系黄犬颈，犬南归送信于家中，又还洛阳。后常用黄犬指传递消息，此处言自己的思乡之情。

5　白云望断：据《旧唐书 · 狄仁杰传》载：狄仁杰被荐举为并州法曹参军，任职时，父母留在河阳。狄仁杰登上太行山，回头眺望，只见白云孤飞，对左右说："吾亲舍其下。"不胜惆怅，待白云飘走后才离开。后人常以"白云亲舍"作为思亲的代称。此句是说望穿双眼，家书难到。

6　横槊：《三国志》说曹操征东吴时，曾在月夜舟中，横槊赋诗，表现自己的怀抱。据鞍：《旧唐书 · 杜甫传》中有"曹氏父子鞍马间为文，往往横槊赋诗"之语。此二句言自己的情怀。

7　几许：多少的意思。漫漫：无边无际。结尾两句言自己的思乡之情就像天山风雪一样无边无际。

河湟书事（选一首）[1]

［元］

马祖常

阴山铁骑角弓长，闲日原头射白狼[2]。

青海无波春雁下，草生碛里见牛羊[3]。

注释

1　河湟：湟水从源头到注入黄河一带地区称为河湟。元代属甘肃行省西宁州。详见令狐楚《少年行》注4。此诗原题二首，这是第一首，写当地风光及骑士们的英勇。

2　阴山：本为内蒙古自治区境内的阴山山脉，这里泛指西北边境的群山。角弓：用兽角装饰的强弓。原头：原野。白狼：白色的狼，古代以得白狼为祥瑞，表示将士的勇敢。《国语·周语》载："周穆王伐犬戎，得四白狼，四白鹿以归。"此二句写将士的英勇，表现边防的巩固。

3　青海：青海湖。碛（qì）：沙石之地。此二句写自然景色，洋溢一片兴旺景象；后句化用北魏《敕勒歌》中"风吹草低见牛羊"之句，自然而无生硬之感。

磨剑行[1]

[元]

耶律铸

故国江山梦里行[2]，不期今日果长征[3]。

剑华休遣坐生涩[4]，万事人间总未平[5]。

注释

1　行：歌行。此诗作于中统二年（1261），当时作者随元世祖忽必烈北征阿里不哥。诗中表现了作者要仗剑横行，铲除人间不平的雄心壮志。耶律铸不但官职、声名继承了他父亲耶律楚材的业绩，其诗文也有乃父家风，清新流畅，平易自然，此诗即可窥见一斑。

2　故国：故都，指和林。是元代从成吉思汗到宪宗蒙哥时的都城。故址在今蒙古国鄂尔浑河上游右岸的额尔台尼桑特。到作者生活的时代，忽必烈已迁都开平（今内蒙古自治区正蓝旗境内），故称和林为故都。此句说以前只在梦中游览过故都的景色。

3　不期：没有料到。长征；忽必烈之弟阿里不哥占据和林与忽必烈争帝位，作者站在忽必烈一边，参加征伐阿里不哥的战斗。

4　剑华：剑的锋芒。休遣：不要使。尘生涩：蒙上尘土，使剑不锋利。

5　万事人间：是人间万事的倒装。

| 延伸阅读 |

岭南圣母——冼夫人

世为南越首领，跨据山洞，部落十余万家。夫人幼贤明，多筹略，在父母家，抚循部众，能行军用师，压服诸越。每劝亲族为善，由是信义结于本乡。越人之俗，好相攻击，夫人兄南梁州刺史挺，恃其富强，侵掠傍郡，岭表苦之。夫人多所规谏，由是怨隙止息，海南、儋耳归附者千余洞。

——《隋书·谯国夫人传》

上京即事（选一首）[1]

［元］

萨都剌

紫塞风高弓力强[2]，王孙走马猎沙场[3]。

呼鹰腰剑归来晚，马上倒悬双白狼[4]。

注释

1　此诗题原作五首，作于元顺帝元统元年（1333），咏作者去京师途中所见的景色。此诗原列第四，写见边塞王孙猎后满载而归的情形，从侧面表现了边防的巩固。全诗朴实自然，意境深沉。

2　紫塞：边塞。详见李贺《雁门太守行》注5。

3　王孙：原意指王者的后代，这里指贵族少年。

4　白狼：见马祖常《河湟书事》注2。以此表将士的勇敢。

送刘照磨之桂林[1]

［元］

萨都剌

一官未厌马蹄遥[2]，要使南荒识凤毛[3]。

幕府红莲开白昼，辕门碧草映青袍[4]。

开旗晓湿蛮烟重，羽箭宵鸣岭月高[5]。

努力平瑶当第一，剖符悬印赐勋劳[6]。

注释

1　刘照磨：生平不详。从诗意看当是一将官，顺帝元统二年（1334）九月，南方徭民攻陷贺州城，元朝派广西宣慰使、都元帅章伯颜率领河南、江西、湖广军击之，刘照磨即其中一部将。萨都剌写此诗为其送行，鼓励他立功凯旋。

2　厌：厌烦。马蹄遥：指征路遥远。

3　南荒：南方荒远之地，此处代指瑶族人。凤毛：凤毛麟角的省称，意思是少有的人物，作者以此来赞誉刘照磨。

4　幕府：将帅在外的营帐，军中以帐幕为府署，故称幕府。辕门：军营营门。古时军队以车为阵，以两辕相对为门，故称镶门。青袍：青色的战袍。庾信《哀江南赋》中有“青袍如草”之句，当为此句所本。此二句写军营景色。

5　牙旗：将军之旗，以象牙为装饰，故称牙旗。蛮：是对瑶族的蔑称。烟：烟雾。重：浓。羽箭：羽毛箭，上有响镝，故后面说鸣。宵：夜晚。此二句想象到瑶地的情形。

6　剖符：又称剖竹、割符，是古时帝王授予诸侯和功臣的凭证。竹制，割分为二，帝王与诸侯各执其一。最后二句勉励刘照磨立功边疆，赢得声名。

| 延伸阅读 |

辽国大将——耶律休哥

宋乘下太原之锐，以师围燕，继遣曹彬、杨业等分道来伐。是两役也，辽亦岌岌乎殆哉！休哥奋击于高梁，敌兵奔溃，再战歧沟关，旋复故地。宋自是不复深入，社稷固而边境宁，虽配古名将，无愧矣。

——《辽史·列传十三》

送慈上人归雪窦，追挽浙东完者都元帅（选一首）[1]

［元］

迺贤

日本狂奴扰浙东[2]，将军闻变气如虹[3]。

沙头列阵烽烟黑[4]，夜战鏖兵海水红[5]。

觱栗按歌吹落月[6]，髑髅盛酒醉西风[7]。

何时尽伐南山竹[8]，细写当年杀贼功。

注释

1　慈上人：名慈，是作者佛家好友。“上人”是对有道高僧的尊称。雪窦：雪窦山，在今浙江省宁波市奉化区，是四明山的别峰。挽：哀悼死者。完者都：元代名将，元史有传，称其骁勇善射，多建奇功，皇帝见之，叹为“真壮士也”。当时日本海寇经常侵扰江浙沿海一带，完者都带兵抵抗，多次取胜。大德元年（1297）卒于四明山战役。迺贤送行诗共二首，此选第一首，诗中追述了完者都在抗倭战斗中的伟绩，高度赞扬了他的功勋。

2　扰：侵扰。

3　将军：指完者都。闻变：听到倭寇入侵的消息。气如虹：形容怒气如虹，贯之长空。

4　沙头：海边沙滩。

5　鏖兵：激烈战斗。海水红：有两层意思：一是说夜战举火，映红海水；二指双方伤亡较多，鲜血将海水染红。

6　觱栗（bì lì）：乐器名，又称筚篥、笳管，形似唢呐，产于西域龟兹，后传入中原。写第二天清晨，胜利后奏乐的情形。

7　髑髅（dú lóu）：死人的头骨。此句写完者都的豪情，意谓庆贺胜利，用敌人的头骨盛酒痛饮，一醉方休。

8　南山竹：古时写字用竹简，“尽伐南山竹”形容其功多，非此不能写完。此语最初见于《吕氏春秋·明理》：“乱国所生之物，尽荆越之竹，犹不能书也。”又《汉书·公孙贺传》言：“南山之竹不足受我辞。”后代常用此典，表示书不胜书，但渐多用于贬意。

绝　句[1]

[元]

范五老

横槊江山恰几秋[2]，三军貔虎气吞牛[3]。

男儿未了功名债[4]，羞听人间说武侯[5]。

注释

1　此诗抒写自己的怀抱，慷慨有豪气。

2　横槊：见耶律楚材《连国华饯予出天山因用韵》注6。恰：正好。几秋：几年。

3　三军：古代分左、中、右三军。貔（pí）虎：古代传说中的猛兽。这里比喻战士的勇猛。

4　男儿：大丈夫。未了功名债：意思是说没有建立功勋。

5　武侯：指武乡侯诸葛亮。此句是说耻于听诸葛亮的功绩。

古戍[1]

[明]

刘基

古戍连山火[2]，新城殷地笳[3]。

九州犹虎豹[4]，四海未桑麻[5]。

天迥云垂草[6]，江空雪覆沙[7]。

野梅烧不尽，时见两三花[8]。

注释

1　古戍：边塞上古老的城堡。此诗反映了元末边疆战乱不断、虎豹横行、耕地荒芜、民不聊生的情形，对此作者从政治家的角度表现了深深的忧虑、伤痛；但全诗调子并不低沉，结尾显出希望。

2　火：指烽火。

3　新城：新筑的城塞。和前面古戍相对而言。殷（yǐn）地：震地。司马相如《上林赋》中有“车骑雷起，殷天动地”之语。笳：胡笳。详见杜甫《后出塞》（“朝进东门营”）注6。

4　九州：指中国。古时将中国分为九州。《尚书》记其为“冀、豫、雍、扬、兖、徐、梁、青、荆”九州。犹：仍然，还。虎豹：喻贪官污吏、割据势力。

5 四海：指天下。古时认为中国四周皆有海，中国为海内，外国为海外，四海为整个天下。桑麻：种桑种麻。此句是说农民不能正常从事农业生产。

6 迥：边远。此句是说远望天边，乌云低垂，与草地相连接。

7 空：空旷。此句是说江面上空旷荒凉，一无所有，只见白雪覆盖着整个沙滩。

8 最后两句化用白居易“野火烧不尽，春风吹又生”诗意，言在冰雪里、战火中还傲然开放着烧不尽的梅花。表现了希望，给人以信心。

| 延伸阅读 |

创立湘军——曾国藩

带兵如带子弟一语，最为慈仁贴切。能以此存心，则古今带兵格言，千言万语皆付之一炬。

——《曾胡治兵要录》

凉州曲[1]

［明］

高启

关外垂杨早换秋[2]，行人落日旆悠悠[3]。

陇山高处愁西望，只有黄河入汉流[4]。

注释

1　凉州曲：即凉州词。见王翰《凉州词》注1。此诗写塞外景色，高深开阔，有唐诗的境界和气象。

2　关：泛指边塞关隘。换秋：是说秋天已过，垂杨已由绿变黄。

3　旆（pèi）：旌旗。悠悠：安闲静止的样子。《诗经·小雅·车攻》有"萧萧马鸣，悠悠旆旌"之句，是为所本。行人、落日、悠悠之旆构成一幅萧索、悲凉的画面，表达了惆怅的感情。

4　陇山：即今六盘山南段的别称，也叫陇坻、陇坂，在陕西省陇县至甘肃省平凉市一带。汉：指中原地区。此二句是说在陇山之巅极目西望，只见黄河从西面高原滚滚而来，流入中原。

出塞曲[1]

[明]

林　鸿

十五蓟门行[2]，能探黠虏情[3]。

潜兵秋度碛[4]，牧马夜归营。

苦雾沉旗影[5]，飞霜湿鼓声[6]。

时来承密诏[7]，东筑受降城[8]。

注释

1　出塞曲：乐府《横吹曲》名。此诗刻画了一个少年从军、机智勇敢的普通侦察兵的形象。描写具体生动，富有艺术感染力，是明代从军诗中难得的佳作。

2　蓟门：亦称蓟丘，即今北京市德胜门外。这里泛指京津、河北一带。

3　黠（xiá）虏：狡猾的敌人。情：军情。

4　潜兵：潜入敌军中的士兵。碛（qì）：沙滩。

5　苦雾：久下不停、浓重的雾。此句是说连续的大雾把战旗都掩盖起来了。

6 “飞霜”句：是说飞霜打湿了战鼓，使鼓声变了调。

7 时来：时机到来。承：接受。密诏：密令。诏，指皇帝的命令文书。

8 受降城：汉、唐为防备匈奴的侵略均建有受降城，汉代城址在今内蒙古自治区乌拉特旗北；唐代受降城有三，分别在今内蒙古自治区托克托县南、包头市西北和杭锦后旗乌加河一带。此处是泛指，以古喻今，祝愿胜利。

| 延伸阅读 |

收复新疆——左宗棠

精熟方舆，晓畅兵略，在湖南赞助军事，遂已克复江西、贵州、广西各府州县之地。名满天下，谤亦随之。其刚直激烈，诚不免汲黯太戆、宽饶少和之讥。要其筹兵筹饷，专精殚思，过或可宥，心固无他。

——《敬举贤才力图补救疏》

入　塞[1]

[明]

于谦

将军归来气如虎[2]，十万貔貅争鼓舞[3]。

凯歌驰入玉门关[4]，邑屋参差认乡土[5]。

弟兄亲戚远相迎，拥道拦街不得行[6]。

喜极成悲还堕泪，共言此会是更生[7]。

将军令严不得住，羽书催入京城去[8]。

朝廷受赏却还家，父子夫妻保相聚[9]。

人生从军可奈何，岁岁边防辛苦多。

不须更奏胡笳曲[10]，请君听我入塞歌。

注释

1 入塞：乐府《横吹曲辞》，写边塞征伐之事。此诗是一首凯旋曲，用平凡明快的语言，描写了大军灭敌后胜利归来的威武场面以及乡亲们热烈欢迎的情形，表现了战后的喜悦以及对和平的向往。于谦多次带兵同瓦剌军作战，故诗写得自然流畅，富有真情实感。

2 气如虎：是说气势如猛虎，威风凛凛。

3 貔貅（pí xiū）：古代猛兽名，豹属，似虎。后代常用来比喻勇猛之士。鼓舞：击鼓起舞。

4 玉关：玉门关。

5 邑屋：城镇的房屋。参差：长短、高低不齐。

6 此二句及后面二句写亲人们欢迎得胜之师的热烈场面。

7 会：会面。更生：重新复活。

8 羽书：古时征调军队的文书，上插羽毛，以示紧急。详见鲍照《代出自蓟北门行》注 2。

9 却：推辞不受。保：保证。此二句写战士品格，不希图朝廷的奖赏，只为保卫祖国安全，使家人团聚一堂。

10 胡笳：乐器名。见杜甫《后出塞》（“朝进东门营”）注 6。

塞上感怀[1]

[明]

王清

西风关外雪初晴[2]，怀古思乡百感生。

玉帐枕戈人万里[3]，铁衣传箭夜三更[4]。

梦回绝域乌桓地[5]，战罢空山敕勒营[6]。

烽火微茫天去远，月中鸿雁送秋声。

注释

1　此诗写边塞从军生活的艰辛和战士思念家乡的情怀。

2　关：泛指边塞关隘。

3　玉帐：本指征战时主将所居军帐。这里泛指营中军帐。枕戈：枕着兵器睡觉，时刻准备参战。此句是说在远离家乡万里的军营中，战士们枕戈以待敌军。

4　铁衣：代指身穿铁甲的士兵。传箭：传令。

5　绝域：偏远荒僻之地。乌桓：古代民族名，属东胡别支。此句是说在荒远的乌桓地从军，只有梦中才能回到家乡。

6　敕勒：也叫铁勒，古代北方民族名。

出　塞[1]

[明]

李梦阳

黄沙白草莽萧萧[2]，青海银州杀气遥[3]。

关塞岂无秦日月，将军独数汉嫖姚[4]？

往来饮马时寻窟[5]，弓箭行人独在腰[6]。

晨发灵州更西望，贺兰千嶂果云霄[7]。

注释

1　出塞：见杨素《出塞》注 1。此诗写边塞将士闻敌入侵，奔赴前线的情形。

2　白草：塞外的一种草名。详见岑参《白雪歌送武判官归京》注 2。莽：无边无际。萧萧：草木摇动貌。

3　青海：青海湖，在青海省。银州：又称银川郡，故城在今陕西省米脂县西北，五代时即被西夏占领。杀气：战斗的气氛。

4　秦日月：秦时的太阳、月亮。是指当时边防巩固而言。语出王昌龄诗“秦时明月汉时关”。汉嫖姚：指汉代嫖姚将军霍去病。详见王维《塞上作》注 6。此二句是说现在仍有巩固的边防、善战的将军。

5　饮马：使马喝水。窟：指低洼聚水之处。

6　“弓箭”句化用杜甫“车辚辚、马萧萧，行人弓箭各在腰”之句，表示边塞战争气氛的紧张。

7　灵州：元至清时属宁夏路府，故址在今宁夏回族自治区灵武县。贺兰：即贺兰山。山上多青白草，望之如骏马，蒙语称骏马为“贺兰”，故名。主峰在今宁夏回族自治区贺兰县境内。嶂：山峰。结尾两句暗示战士们有如贺兰千嶂一样，成为边塞上的“万里长城”。

| 延伸阅读 |

火牛破敌——田单

兵以正合，以奇胜。善之者，出奇无穷。奇正还相生，如环之无端。夫始如处女，适人开户；后如脱兔，适不及距；其田单之谓邪！

——《史记·田单列传第二十二》

榆河晓发[1]

［明］

谢　榛

朝晖开众山，遥见居庸关[2]。

云出三边外[3]，风生万马间[4]。

征尘何日静，古戍几人闲[5]？

忽忆弃繻者，空惭旅鬓斑[6]。

注释

1　榆河：又称温榆河、富河。在今北京市北境，自居庸关南流，经昌平、通州入白河。晓发：拂晓出发。此诗通过对边关古戍景色的描写，表现了对边境和平的向往，以及自己不能在边疆建立功名的感慨。

2　“朝晖”二句：言早晨的太阳驱散了山间的雾气，远远就能看见耸立山头的居庸关。

3　三边：原指幽、并、凉三州，其地都处边疆，故称为三边。后泛指边疆。

4　“风生”句：言万马奔腾，疾如狂风，极雄伟。前人赞之如“纸上有声”，言之不虚。

5　古戍：古代的边塞城堡。此二句感慨战争不断，希望和平。

6　繻（rú）：古代一种作通行证用的帛，上有字，入关时一分为二，出关时取以合符，乃得复出。弃繻，用汉代终军的典故，《汉书·终军传》说：终军十八岁时选为博士弟子，徒步入关就学。守关军吏给他繻，他说：“大丈夫西游，终不复传还。”弃繻而去。后为官，使行郡国，持节出关，关吏识之，曰：“此使者乃前弃繻生也。”后代常以此典故言少年立志。“忽忆”二句：言作者想起终军的故事，而自己头已斑白，尚不能建立功名，所以十分感慨。

| 延伸阅读 |

老当益壮——苏定方

孙子曰：“微乎微乎，至于无形。”定方乘雾行而破颉利。又曰：“速乘人之不及。”定方见尘起而驰捣贼营。又曰：“出其不意。”定方知虏恃雪而追掩是也。

——《十七史百将传》

颂任公诗[1]

［明］

归有光

轻装白夹日提兵[2]，万死岂能顾一生[3]！

童子皆知任别驾[4]，巍然海上作金城[5]。

注释

1　任公：指任环。环字应乾。明世宗时曾为参政，当时倭寇多次进犯，任环数败敌寇，以勇著称。此诗用简洁、朴素的语言歌颂了任环出生入死、保卫沿海的英雄事迹。

2　白夹：白色的夹衣。提兵：带领军队。

3　“万死”句：言战斗激烈，时时有死亡的危险。

4　童子：儿童。别驾：官名，职责为协助地方州郡长官工作。任环做过苏州府同知，相当于别驾，故称之。

5　巍然：高大、沉稳之貌。金城：形容城之坚固，牢不可破，如铁铸成。此句是说任环像海上长城一样，屹立在沿海一带。

龛山凯歌（选一首）[1]

［明］

徐渭

短剑随枪暮合围[2]，塞风吹血着人飞[3]。

朝来道上看归骑[4]，一片红冰冷铁衣[5]。

注释

1　龛（kān）山：在浙江省杭州市萧山区东北。明嘉靖年间，沿海军民曾在此大败倭寇。徐渭为此写了一组诗，共六首，这是其中一首，描写了战斗的激烈和战士们的勇敢。

2　合围：包围。此句是说在黄昏中包围了敌人，短兵相接的战斗已经开始。

3　着人飞：是说鲜血飞溅到战士身上。

4　归骑：胜利归来的骑兵。

5　红冰：血水结成的冰。此句是说战士们的衣甲上结着寒冷的血冰。

从军行[1]

［明］

王世贞

踘臂归来六博场[2]，城中白羽募征羌[3]。

相逢试解吴钩看，已是金河万里霜[4]。

注释

1 从军行：乐府古题。见骆宾王《从军行》注1。此诗写从前线归来的战士，闻听边疆被侵，又慷慨奔赴前线，再次为国出征。

2 踘臂：即蹋鞠，亦称蹴鞠。古代一种习武之戏。刘向《别录》中说："蹋鞠，兵势也，所以练武士，知有材也，皆因嬉戏而讲练也。"六博：又写作"陆博"，古代的一种博戏。共十二棋子，黑白各半，两人相博，因为每人六棋，故名叫六博。

3 白羽：白羽箭。此处指征兵的令箭。募：征召。羌：我国古代西部少数民族之一。

4 吴钩：吴地产的宝刀。金河：又叫金川，现名大黑河，经内蒙古自治区中部后流入黄河。此二句是说战士们已参加过金河一带的战斗了。

马上作[1]

[明]

戚继光

南北驰驱报主情[2]，江花边月笑平生[3]。

一年三百六十日，多是横戈马上行[4]。

注释

1　这是作者行军途中在马上吟的一首七绝，虽短小，但简洁地概括了诗人一生的行踪，表现了为国奔忙的豪情。

2　南北：作者曾在福建、广东一带驻守，后又调至江浙一带抗倭，故说南北驰驱。报主情：报答皇帝的信任之情。

3　江花边月：江边的鲜花，边地的明月。此句是说花草明月笑他一生忙忙碌碌，没有时间欣赏鲜花和皓月。

4　横戈：持戈。戈，见《诗经·无衣》注 3。

塞下曲[1]

［明］

苏祐

将军营中月轮高[2]，猎猎西风吹战袍[3]。

觱栗无声河汉转[4]，露华霜气满弓刀[5]。

注释

1　此诗以细致的笔墨写了一个将军在月夜中巡视营地的情形，表现了将军的百倍警惕和不畏劳苦的精神。

2　月轮：月亮。详见高适《塞下曲》注 5。

3　猎猎：风声。

4　觱栗（bì lì）：古乐器名，军中常用为号角，产于西域的龟兹，后传入中原。河汉转：银河转移。指夜已很深。

5　最后一句化用卢纶“大雪满弓刀”句意。

从军行[1]

［明］

陈子龙

一望穹庐匝地宽[2]，将军中夜出皋兰[3]。

月临青海千烽乱[4]，雪照黄河万马寒[5]。

注释

1 此诗写大军雪夜出发抗击敌寇的情景，音节急促，形势紧迫，感染力强。

2 穹（qióng）庐：少数民族居住的毡帐。此处指敌军营帐。匝（zā）：环绕。此句意思说：远远望去，遍地都是敌军的营帐。

3 中夜：半夜。皋（gāo）兰：山名，在甘肃省兰州市。

4 青海：青海湖，在今青海省。千烽乱：是说烽火台上的烽火都已点燃，形容敌情紧急。

5 “雪照”句：在冰雪寒冷的黄河岸上，万马奔腾，踏雪进击。

即　事（选一首）[1]

［明］

夏完淳

战苦难酬国[2]，仇深敢忆家[3]！

一身存汉腊[4]，满目尽胡沙[5]。

落月翻旗影，清霜冷剑花[6]。

六军挥散尽，半夜起悲笳[7]。

注释

1　这组《即事》诗作于公元1646年，当时清军已占南京，夏完淳加入吴易领导的义军进行抗清活动。但此时的明朝已无回天之力，面对这种日益衰败的局势，作者无限感伤，写下了三首诗，表示自己誓死复明的决心和意志，此为第二首。

2　苦：艰苦。此句是说虽然艰苦奋战，但仍难以酬报国家。

3　敢：岂敢。此句取汉霍去病“匈奴未灭，何以家为”之意。

4　腊：古代的一种祭祀活动。汉腊，《后汉书·陈宠传》记王莽篡位后，陈咸父子四人皆解官归里，闭门不出，犹用汉家祖腊，人问之则曰：“我先人岂知王氏腊乎？”此处作者用此典表示毕生忠于明王朝的决心。

5　胡沙：胡地的风沙，此处代指清军。李白《永王东巡歌》：“但用东山谢安石，为君谈笑静胡沙。”

6　“落日”二句：说夜深后旗影随着月亮的行走而变化，清霜给宝剑镀上一层冰冷的光芒。

7　六军：周朝时规定天子有六军，诸侯有三、二、一军不等，后六军代指军队。浑：全。悲笳：悲愤的笳声。结尾二句凄婉哀痛，催人泪下。

| 延伸阅读 |

书生拜将——陆逊

刘备天下称雄，一世所惮，陆逊春秋方壮，威名未著，摧而克之，罔不如志。予既奇逊之谋略，又叹权之识才，所以济大事也。及逊忠诚恳至，忧国亡身，庶几社稷之臣矣。

——《三国志·吴书·陆逊传第十三》

塞下曲（选一首）[1]

［清］

顾炎武

赵信城边雪化尘[2]，纥干山下雀呼春[3]。

即今三月莺花满[4]，长作江南梦里人[5]。

注释

1　塞下曲：见李白《塞下曲》注1。此诗作于顺治四年（1647），通过对春日边城雪化雀欢的描写，悼念为国守边而死的将士，感叹他们骨埋边塞，无法看见江南的春天。

2　赵信城：故址在今蒙古国境内窴（tián）颜山。此句写赵信城边冻雪已化，大地湿润。

3　纥（hé）干山：在今山西省大同市东。古时当地有谣谚："纥干山头冻死雀，何不飞去生处乐？"此句依此谣而来，说纥干山下万雀欢跃，似乎在呼唤春天的来临。

4　莺花满：任用南北朝时丘迟《与陈之书》中"暮春三月，江南草长，杂花生树，群莺乱飞"之句。写江南景色，与前文边城景物相映照。

5　梦里人：暗用唐陈陶《陇西行》诗"可怜无定河边骨，犹是深闺梦里人"句意。

出　关[1]

［清］

徐　兰

凭山俯海古边州[2]，旆影风翻见戍楼[3]。

马后桃花马前雪[4]，出关争得不回头[5]。

注释

1　此诗是作者出山海关所作。用简练之笔描绘了边塞重镇山海关的景色。诗中“马后桃花马前雪”一句，用形象化的语言高度概括了关内外气候的差异，堪称绝笔。

2　此句写山海关地势，凭据高山，面对大海，既雄又险。

3　旆（pèi）：旗。戍楼：守军的城楼。

4　“马后”句：用花和雪两种时物表现气候的差异，而所处又仅在马前马后，不但真实，想象也奇特无比。

5　争得：怎得。

曲峪镇远眺[1]

[清]

严遂成

地近边秋杀气生，朔风猎猎马悲鸣[2]。

雕盘大漠寒无影[3]，冰裂长河夜有声[4]。

白草衰如征发短[5]，黄沙积与阵云平[6]。

洗兵一雨红灯湿，羊角鱿鱼爆火明[7]。

注释

1　曲峪镇：在山西省河曲县。作者原自注：“时西陲方用兵。”曲峪镇临近边塞，所以战争气氛很浓。诗以雄健的笔力，描写了边境阔大、苍凉的景象和急迫、紧张的形势。

2　朔风：北风。猎猎：风声。

3　盘：盘旋。此句是说因为天寒，平时在大漠上空盘旋的雄鹰也不见踪影了。

4　长河：黄河。

5　白草：胡地草名，秋天变白。详见岑参《白雪歌送武判官归京》注2。衰：凋零。征发：征人的头发。

6　积：堆积。沙漠上时有旋风，堆起无数沙丘。阵云：云浓重如兵阵。

7　洗兵：指出兵遇雨。刘向《说苑》记武王伐纣时遇大雨，武王曰："天洗兵也。"这里用此典也含有天助正义之师的意思。红灯：军中所用之灯，作者自注曰："前明边堠挂红灯其上，以魫鱼皮为之，胶以羊角，雨湿不坏。"魫（shěn）：鱼脑骨，可以作装饰物品用，以鱼脑骨架制成的灯叫魫灯。堠（hòu）：古代边防上瞭望敌情的土堡。

| 延伸阅读 |

杨无敌——杨业

业本太原骁将，感太宗宠遇，思有以报。常胜之家，千虑一失。然其素得士心。部卒不忍离去，从之以殁，则忠义之风概可见矣。嗣与延昭并克绍勋伐。延昭久居边阃，总戎训士，威名方略，闻于敌人，于嗣为优。晖于危时则有陷阵之功，平日则献息戎之谏。超频战以清淮海，其忠诚勇果，率有可尚者焉。

——《宋史·卷二百七十二·列传第三十一》

塞　上（选一首）[1]

［清］

李銮宣

山是鸣沙掩夕曛[2]，茫茫戈壁浩无垠[3]。

健儿醉饮蒲桃酒，卧看黄花戍上云[4]。

注释

1　塞上：《乐府诗集》收入《新乐府辞》。此题共六首，这首原列第四，写边塞景色和当地健儿豪放的气概。

2　鸣沙：山名，在今甘肃省敦煌市南。积沙而成，人登之则鸣，故称鸣沙山。夕曛（xūn）：夕阳。

3　无垠（yín）：无边。

4　蒲桃：即葡萄。“健儿”二句：言边陲战士醉后卧于沙场，看黄花戍上的流云。化用王翰《凉州词》“醉卧沙场君莫笑，古来征战几人回”句意。

秋　感（选一首）[1]

［清］

施补华

尉犁城外战[2]，将士尽如飞[3]。

远道还移粟[4]，前军合寄衣[5]。

泽荒鸿雁聚[6]，秋老骆驼肥[7]。

馈运休辞瘁[8]，今朝振国威。

注释

1　《秋感》组诗共十二首，是作者随左宗棠部队平定阿古柏之乱时作所。这首诗写参战士兵为保卫边疆、运送军需，不辞劳苦的精神。

2　尉犁：在今新疆维吾尔自治区。

3　如飞：形容战士们杀敌的雄姿。

4　移粟：运送粮食。

5　合：应该。寄衣：指寄给征夫寒衣。

6　泽：水泽。

7　秋老：指秋深、秋将尽的意思。

8　馈：运输。瘁：劳累。

果然英锐[1]

［清］

杨秀清

天朝将帅尽英雄[2]，策马扬鞭各效忠。

奋勇争先无敌手，如摧枯朽逞威风[3]。

注释

1　此诗以朴实率真的语言歌颂了太平天国将士的英勇无敌、势不可挡。

2　天朝：指太平天国。尽：全。

3　如摧枯朽：像摧枯拉朽一样。此句是说太平天国将士消灭敌人就像摧毁枯草朽木一样轻而易举。

西域引[1]

［清］

谭嗣同

将军夜战战北庭[2]，横绝大漠回奔星[3]。

雪花如掌吹血腥[4]，边风冽冽沉悲角[5]。

冻鼓咽断貔貅跃[6]，堕指裂肤金甲薄[7]。

云阴月黑单于逃[8]，惊沙锵击苍龙刀[9]。

野眠未一辞征袍[10]，欲晓不晓鬼车叫[11]。

风中僵立挥大纛[12]，又促衔枚赴征调[13]。

注释

1 西域引：即西域歌。“引”是古时乐府体裁之一。谭嗣同早年曾到新疆，在刘锦棠幕府中任职。此诗用奇特的笔调描写了边塞风光，刻画了从军的艰苦，歌颂了将士们奋不顾身、顽强卫国的精神。

2 北庭：唐北庭都护府所在地，在今新疆维吾尔自治区。

3 奔星：流星。此句是说大军往来沙漠之上，迅如流星。

4　掌：手掌。此句是说鹅毛大雪在冷风吹拂下掺杂着阵阵血腥。

5　冽冽：寒冷的样子。沉：潜伏。角：号角。

6　咽断：是说鼓冻之后发出的声响时断时续。貔貅（pí xiū）：古代一种猛兽，后常指勇士和勇猛的军队。

7　堕指：冻掉手指。

8　“云阴”句：用卢纶《塞下曲》“月黑雁飞高”诗意。

9　锵（qiāng）：刀剑相交发出的声音。苍龙刀：青龙大刀。

10　辞征袍：脱下战袍。此句说在旷野中宿营，战士没有一个脱下战袍。

11　欲晓不晓：天要亮还没亮。鬼车：传说中一种九头鸟，叫声极难听。这里泛指怪鸟。

12　大纛（dào）：大旗。

13　促：急促。衔枚：古时军队为了保持行军的安静，口中皆含有一种类似筷子的器具，称衔枚。